巧匠不婉約

下

風 文創 917

賀思旖 著

目錄

第二十五章

薛敬將陶瑩、陶彩送入院門，見陶瑩那般失魂落魄的模樣，猶自不放心，於是抬首叮囑她和陶彩。「關好院門，除非是相熟的人家上門，否則一概都別開。」

陶瑩懵懵地點頭，陶彩雖然被姐姐的神態和變了個人似的薛敬弄得一頭霧水，但也答應了。

於是薛敬片刻不敢耽擱，親眼瞧見陶瑩進了家門又關上院門，才轉身跑到田裡去喊陶三福了。大黑則一直盡忠地跟在小主人身後，寸步不離。

薛敬走後，陶瑩坐在屋內呆了半晌，陶彩在一旁緊張兮兮地問個不休。

可因她年紀小，陶瑩不願將如此丟人的事告訴她，一來怕嚇著她，二來這也不是什麼好事，便咬著嘴唇什麼都不肯說。

又想起方才在竹林裡前前後後受的驚嚇和輕薄，覺得自己對不起李文松，又覺得自己被旁人碰了身子，不乾淨了。

再想到自己被那少年摟著的模樣讓村人看了個正著，也不知以後村子裡會如何說她不知檢點。一時之間，屈辱、愧疚、憂心和羞恥齊湧上陶瑩心頭，遂忍不住伏在榻上再次放聲痛哭起來。

一向溫婉的姐姐，平日連大聲說話都很少會有，此時突然大哭不止，這可是從未有過的。此情此景立時把陶彩給驚著了。使勁拉了姐姐幾回，都不見她起來。陶彩還以為她哪裡不舒服劇痛難忍，於是這才慌張地跑到隔壁去找陳氏和薛婉幫忙。

陶瑩將此事告訴陳氏與薛婉後，過了沒多久，陶三福也急急地奔回來了。

一見自己的大閨女這副狼狽情態，陶三福直覺就知道出大事了。

他和陳氏將陶彩與薛敬兩個小孩趕出屋子，打算一同商量對策。薛婉雖說也是個剛及笄的半大丫頭，但因她與陶瑩相熟，又因腦筋靈活、行事成熟，陶三福和陶瑩都有些不知不覺地依賴她，故而將她一同留在屋內。

陶三福是後來的，因此陶瑩又艱難地和他說了一番今日自己的遭遇。

陶三福聽到一半，得知閨女給陌生的小子又摟又抱地占了便宜，氣得「噌」的一下站起來，就想衝到自家的草棚子裡拎著扁擔出去揍人。陳氏、薛婉和陶瑩費了好大力氣才將他攔住。

勉強坐回原處，陶三福被氣得雙眼通紅，胸膛不住起伏。

這是要毀他閨女的清譽和親事啊！

若是女娃沒成親前出了這種事，被夫家知道，那肯定是要退親的。若真被退了親，名聲又因為此事壞了，往後想再議親都會艱難許多。只能往低了嫁，再無可能找與自己家相當的人家或是好點的人家結親了。

一個女娃若是今後嫁得不好，那就等於毀了一生了！

這事影響太大，李氏還在她娘家沒回來，猜測得過了傍晚才能歸家。陳氏與薛婉先勸慰了陶三福和陶瑩一番，讓他們穩住心神。一切都應該等瑩兒娘回來了，一家人商量後再做打算。

至於捂住此事別聲張，這點陳氏和薛婉倒是不擔心。出了這種敗壞女娃聲譽的事，除非腦子壞了，否則自家人是絕對不會往外去說的。

四人坐在西屋裡慎重地商量著。院裡待著的兩個小娃卻十分安靜。

陶彩抱著膝蓋縮在屋簷下，聽見屋裡偶爾傳出她爹一、兩句的怒罵聲，嚇得不時的發抖。她不知道姐姐究竟遇到了什麼事，但她知道一定不是好事。

正因一無所知，又擔心姐姐，焦急和害怕使陶彩的眼裡不自覺地湧上淚花。

「這是要毀了我的閨女啊！」陶三福氣急敗壞的憤恨聲音再次傳來，震得陶彩的心也跟著抖了抖。

到底是什麼事呢？

陶彩急得恨不得原地站起蹦兩下，忽的她意識到，自己瞎猜猜不出來，可是身邊不是正有知道此事的人嗎？她轉過頭，剛想張口詢問，卻發現只比自己小半個月的薛敬安靜得彷彿不存在。

此時，他無聲地倚牆而坐。從屋簷處漫過的陽光被遮去一半，只照亮了他的下半張臉。他長長的眼睫半掩，將往常清亮的眸光遮去。光影交錯在他清秀小巧的臉頰上，使他沈寂的神情夾雜著一絲不同尋常的撲朔迷離。

望著這樣的薛敬，陶彩的聲音頓時卡在喉嚨裡。她忽然覺得這個男娃非常陌生，簡直就和她以前認識的那個害羞、靦腆的人，不是同一個。

不知為何，陶彩的心中對他生出一絲膽怯。猶豫半晌，才鼓起勇氣開口問他。

「敬哥兒，你……知道我姐姐遇見什麼事了，對嗎？」

「嗯，知道。」薛敬未轉過頭看陶彩，眼神依舊望向院子外，遠處那片茂盛的竹林。

「那……那你能告訴我嗎？」

薛敬這才緩緩轉過頭來，想了想，看著她，道：「不能。」

陶彩的表情瞬間一僵。

「這事妳遲早會知道的。再者，由我來說也不恰當。陶叔、陶嬸晚些應該會告訴妳。」薛敬補充道。

陶彩仍不甘心，咬了咬嘴唇，又問：「不、不是好事，對吧？」

「嗯。」薛敬蹙著眉頭，遲疑一下，點了點頭。

陶彩想不通，自己與薛敬同歲，甚至還比他大十幾日，此時他為何能顯得如此鎮靜；一般像他們這種歲數的娃兒，聽見大人氣得吼成那樣，都會害怕的吧？

「敬哥兒，你、你為何不怕？」

薛敬困惑地歪了歪頭，望向她眼底，眼神平靜得彷彿一汪幽潭。「怕，就有用嗎？」

陶彩感覺彷彿有一汪沁涼的湖水注入自己心裡，讓她登時冷靜下來。

她說不出話了，默默轉過頭，與薛敬一起望著那片在大太陽底下仍顯得有些陰森的竹林。

好像也對。怕，一點用都沒有。

傍晚時分，李氏回家了。沒多久，秋風捲著隱約的痛哭聲，從隔壁陶家斷斷續續傳了過來。

陳氏心不在焉地縫著衣裳，聽見李氏的哭聲，手下一頓，沈沈嘆口氣，放下手中的針線，再也無心做下去了。

薛婉在她身旁跟著學針線，李氏的哭聲隨風飄來，聽見了，心中也變得十分沈重。別說穿越之前的生活，就算穿越到了這裡，她也是第一次遇見過這種事。

今日親身經歷過長輩之間對陶瑩此事的探討和惱怒，她有一種價值觀被狠狠刷新的感覺。

先前爹娘向她叮囑的那些女娃該怎麼的話，她聽過後，根本是左耳朵進右耳朵出，壓根兒就沒往心裡去。有句俗話說得好：事不關己，高高掛起。薛婉當時大概就是那種心態。

但這次不同，這次是發生在她身邊的事，而且遇事之人是自己非常親近的好朋友，這樣帶給她的感受則完全不同了。

原來在這裡，女娃的名聲真的如此重要。重要到一個不小心，或者一次意外，就會讓自己的下半輩子陷入困境。

難道女娃沒了男人依靠，真的就會活不下去嗎？那麼那些寡婦，或者是一直嫁不出去的女子，又是靠什麼活下去的呢？

薛婉單手撐著下巴，心裡不自覺地思考起這些問題。視線無意中瞥到灶臺上專門用來買羊乳時用的陶罐，便想起了劉小杏。

對呀！劉小杏的情況比陶瑩更艱難，可是人家不是活得好好的嗎？失業、失身被趕回家後，自立自主創業，到去年連新房子也修起來了，現在過得不愁吃不愁穿的，不是挺好的嗎？

下晌那時，陡然遇見陶三福和陳氏憤怒又愁眉苦臉的模樣，一時之間把薛婉都給嚇住了。待到眼下頭腦冷靜下來，薛婉靜下心來一總結，得出一句心得，當然這句心得也是某齣港版古裝劇裡的一句經典臺詞。

——好男人不如傍身錢！

看來無論是在哪個時空，有錢才是女子，不，是所有人能活命最大的真理啊！薛婉頓時悟了。以後不能貪圖安逸，要多多努力想辦法掙銀子！這才是自己在這裡活下去的根本。至於嫁不嫁人這件事，有好男人就嫁，沒好的，那就算了。她才不要委屈自己嫁給不滿意的人，只是為了能不受指點而過日子活下去。沒道理嫁人後，竟然要比單身時過得還差吧？即使別的女子願意，她可不願意。再說為嫁而嫁，她總覺得接受不了。

想明白這點以後，薛婉開始仔細思索起今日陶瑩給她講述的經歷。一點一點的回憶摸索每個細節，薛婉便察覺出其中的不對勁了。

這整件事情中，看似毫無牽連的人之間，彷彿被一根細細的絲線牽引連接著，讓其中的每一個關鍵之處，都顯得那般巧合。

先是陶瑩單獨走進竹林，然後陌生少年乘機追過去，兩人拉扯不休時，被不知道哪裡冒出來的小女娃看見，再到小女娃喊了一堆村姑、村婦過來。這些簡直巧得不能再巧了。整件事情的發生走向，就好像是跟著一個劇本在走。

然而，編劇的功力到底不夠深。

要知道世上誰也不是傻子，許多人自以為聰明，但是忘記別人也是有腦子的。

一次偶然叫意外，兩次偶然叫巧合，三次偶然還敢說是碰巧，那就是騙傻子呢！

這次的事情，一定是有人在背後搞鬼的！

薛婉氣得猛地拍了一下桌子，對陳氏沈聲道：「娘，瑩兒姐姐這次啊，肯定是被人給害了！」

陳氏眉頭皺得更緊，不待女兒多做解釋，自己抿唇想了想，說：「趕明兒一早，我去陶家找陶嬸說說。」

薛婉歪著頭。「娘，妳也這麼覺得吧？事情不可能這麼多巧合同時湊在一起的，對吧？」

陳氏輕輕點了點頭。「娘也覺得是。可這事，難處不在於找出是誰幹的壞事。」

薛婉擰眉沈思，半晌，才道：「娘是說，難處其實在於苦無證據。就算猜到是誰做的，咱也很難捉到她的把柄。是嗎？」

「嗯。」陳氏應道：「那個少年跑得無影無蹤的，又是外村來的，實在是很難找。至於跑來撞見他和瑩姐兒糾纏的小女娃姚春蘭，平日也和陶家沒仇沒怨的，她家和牡丹……」

陳氏說到此處，提到「牡丹」的名字，看了一眼薛婉，見她面無驚訝，便知她也猜測這事可能是牡丹搞的鬼，便又說：「姚春蘭家和牡丹家也不熟。」

薛婉有點難以置信，連陳氏都猜到是牡丹了。陶家多半也能猜到是她，事情若是鬧大了，里正家必然也會得知。可這牡丹家憑什麼就能這麼猖狂，頂著與村人撕破臉的風險，也要幹這種毀人親事，讓人戳脊梁骨的事？

薛婉想不通這點。「娘，牡丹家為何敢如此猖狂，明目張膽地做這種事？」

陳氏似笑非笑地嘀咕一句。「她家一向如此。聽說她娘有個遠房表親，是在縣衙做小吏的，說是與主簿大人關係相當厚。」

薛婉想起最初見到牡丹時，她周圍幾個村婦、村姑圍著她討好說笑的嘴臉，恍然大悟。

原來是有當官的親戚朋友撐腰啊！難怪了……

這事必須得弄個清楚。哪怕沒證據，無法在明面上做什麼，也得弄清真相！否則實在是太委屈、太憋悶了，被人陷害了還不知道幕後黑手是誰。那怎麼行?!

薛婉伸直胳膊，緩緩撐了個懶腰，又默默擼了擼袖子，在心中下定決心。

隔日一早，待薛敬去了學裡，薛婉便陪著陳氏去陶家。陶三福天剛矇矇亮就出門幫人收莊稼去了，李氏帶著兩個女兒留在家中。

家門一開，陳氏見她一臉憔悴，顯然是整宿都沒睡踏實。但這也是人之常情，家中的大閨女出了這等事，想必哪個當娘的都是夜不能寐吧？

陳氏對她好好勸了一番，又將自己和薛婉的猜測避著陶彩說了。陶瑩在一旁聽見後，臉上並未露出驚訝的表情，包括李氏，看臉色也像是與陳氏母女猜到一起去了。

「這事情啊，我猜還沒完。為免瑩姐兒處於被動……」陳氏說到此處，停了一下，看了看李氏和陶瑩的臉色，才繼續道：「我覺得今日妳們倆先別忙活別的，趕早的去趟里正家。將昨日之事和里正還有宋嫂子說說，看看他們接下來是什麼意思。免得日後傳出流言蜚語的，他們連個防備都沒有，那樣容易與你們家心裡生出隔閡來。」

李氏聽了，仍有些猶豫，蹙眉犯難道：「瑩姐兒這事還未傳開。也不知會不會傳開，這麼早就與親家去說這種晦氣事，會不會不妥？」

陶瑩卻忽然道：「娘，我覺得陳嬸子說得對。這事咱得早點和李家說。即使往後此事能過去，但瞞著他們，我總覺得心裡過意不去，李叔和李嬸對咱們可是一向照顧有加的。原先和老宅分家，李叔不也幫著咱們說了不少好話嗎？再說若以後真有緣分能成一家人，這事時日長了，也是瞞不過去的。」

李氏沈聲嘆道：「唉！我又如何不知？只是這麼好的親家……知道了得多生氣、多著急啊。」

這話裡頭的擔憂，大家都聽得明白。

陶瑩臉色沈沈的，埋下頭去，不說話了。

吃過早飯，李氏趕著給陶三福做午飯前去了趟地裡，與陶三福商量一番。陶三福覺得陳氏說得對，也趕緊讓她先去李家一趟。凡事趁早總是比趕晚要好。

李氏按照自己當家的吩咐，直接從田裡去了村中。里正李興盛下田看莊稼長勢去了，打算再等兩日就忙收割。李文松和他二弟都在縣裡念書，家裡只留了一個妹妹和一個么弟，宋氏留在家中照看他們。

見李氏一路急匆匆的趕來，剛開始還挺熱情的招呼她。李氏拉著她耳語幾句，宋氏的臉色立刻沈了。將兩個小娃兒趕進西屋去玩後，與李氏兩人單獨說了好久的話。

第二十六章

到了午間，李興盛歸家來。宋氏沈著臉將此事告訴了他，氣得李興盛原本就方正嚴肅的面龐更顯淩厲，一巴掌拍在桌上，怒道：「王牡丹這女娃也忒不像樣了，簡直不知羞恥！他們王家也不是個好東西！竟縱著女娃幹出這種事！早前那姓王的就和我爭里正的位置，沒能如他們的願，這會兒見咱家文松出息了，進了縣學，還想巴巴的把女兒用下三濫的手段嫁過來？門兒都沒有！讓這種人家的娃兒做我家的兒媳婦，以後還指不定把小輩們給教成什麼樣呢！」

宋氏氣了一上午，此時氣性已然過去一些。見他氣得臉紅脖子粗，忙勸道：「當家的，咱們得先穩住。這事兒究竟是不是王家做的，還是其他有什麼人做的，咱總得查個清清楚楚的才行。萬一要不是王家做的，那王家和咱家不都讓人給攪和進去了？」

李興盛皺著濃眉，肅著臉緩了片刻，端起一碗涼水咕咚咕咚幾口就灌下去。

「妳說得對，這事，不管哪家做的，咱都得查！那壞痞子想必認為趁著秋收來村子裡的人雜，查起來會不容易，但若往細了問，也不一定查不到。咱們反過來查！現在秋收忙得很，家中男丁無論是在外做工的，還是在家的，都正在地裡忙呢。咱村子不好查，那咱可以託人問問別家村子，看看哪戶人家的半大小子不農忙，淨往村子外頭瞎跑的！一問，準能問出個子丑寅卯出來！範圍小點，再往細了查就容易多了。」

宋氏被他一說，用力一拍手，臉上現出一點喜意。「還是當家的能耐，我怎麼就沒想到反過來查呢？咱們查不到村子裡，但能從村子外頭查。正好，你做里正這麼些年，與附近幾個村子里正都有往來。我也跟著認識了不少婆娘，待我下晌出去一趟，讓她們幫忙一塊盤問。」

李興盛被自己媳婦哄得開懷了一點，想了想，叮囑道：「嗯，問的時候就說有個小夥子見義勇為幫著抓偷雞偷慣了的賊人來著，抓住了沒留名就走了。咱村子裡那戶人想要好好籌謝他。旁的事別多說。要說是壞事，別人肯定捂得嚴實不告訴妳。說成好事，願意吐露的人就多了。」

宋氏輕推了他一把。「行了，這還用你教我嗎？我也不自己親自問。等尋幾個村子裡相熟巧嘴又口風緊的婦人，讓她們去問。」

這邊李興盛與宋氏夫妻同心，那邊身為陶瑩好閨密的薛婉也沒閒著。

自己好不容易在這裡有個好姐妹，脾氣好、長得漂亮、溫柔可親又縱容自己，薛婉內心是很喜歡陶瑩的。這回她遇見了這麼糟糕的事，作為好朋友，遇事不幫忙可不是自己的作風。薛婉決定為她出一份力。

向陶彩問清楚姚家住的方向，又問過姚春蘭的喜好，薛婉去自己屋裡取了樣東西揣進懷裡，戴上草帽，算好時間，趕在晌午太陽正盛的時候，在她家門外的小道上守了半個時辰。

昨日姚春蘭能出門，說明姚家晌午給姚爹送飯的任務多半是落在她頭上的。

果然，薛婉等了半個時辰後，就見姚春蘭提著竹籃子從田間往姚家的方向回來了。

薛婉不顧形象地蹲在路邊，平攤手掌，手掌之上，一朵極為罕見的紫蓮絹花赫然呈現在姚春蘭的正前方。

姚春蘭走在路上，見到蹲在前方的薛婉，已然有所察覺。再見她手上那朵自己從未見過的紫蓮絹花，頓時瞪直了眼睛，邁不開步了。

只見那絹花呈半開半合睡蓮情態，花瓣純紫，花蕊一半淡紫、一半則為淺黃。由於這朵絹花的造型和配色實在稀有，再加上絹料本就輕薄半透明，故而將這朵紫蓮襯得更為嬌羞奪目。

薛婉看見那小女娃望向自己手中的絹花那目瞪口呆的樣子，不由暗自一笑。今日，她想要從這女娃身上探聽到的事情，多半能成。

其實真不能怪姚春蘭眼皮子淺，的確是薛婉那朵絹花在這個時空太過稀罕。

那朵紫蓮原是薛婉根據穿越前所見過的紫蓮花自己畫出來的圖樣，後來被陶瑩一眼看中。兩人費了好幾日才將材料收集齊，又由陶瑩花了三日才縫製出來的，製作的過程中還浪費了不少材料。

紫蓮原是產於南美洲安地斯山脈北麓，在這個時空根本就不存在，至少薛婉問了相熟的幾人一圈，沒人在白雲縣內見過這種蓮花。薛婉當初想到畫這個、做這個，也正因為它的罕見。

原本他們打算做個七、八朵，然後趁陶三福趕集的時候，以六十文一朵的高價，趁著還沒人仿製出來的優勢賣出去。

現下可好，兩個女孩打算做一次黑心商人的機會就這麼沒了。

不過相比起陶瑩，這些都不重要了。

薛婉笑咪咪地望著眼前的小丫頭。「妳是姚家的妹妹吧？」

「是啊。」姚春蘭的眼神幾乎盯在那朵絹花上拔不下來，聽到薛婉和自己說話，才勉強移開眼神，有點警覺地看著她。「妳是薛婉姐姐？」

薛婉大方地點點頭。「對。」

「妳來我家門前，是有事找我吧？」看姚春蘭略微緊張的皺起小臉，薛婉猜她昨日一定被家裡人叮囑過什麼。

薛婉再次點頭承認。「啊，是有事。」

姚春蘭見薛婉笑看著自己，眼神黑幽幽的，心裡慌得不行。想起昨日被爹娘念叨過的話，有的沒的一口氣都來不及喘，把背得順溜的臺詞快速說完了。「妳、妳別問了，我、我昨日什麼都沒看到。我爹娘說了，說我年紀小不懂事，成日瞎嚷嚷，就當我瞎說看錯了。」

雖然小姑娘說的前言不搭後語，可薛婉還是品出她話中的意思來了。一定是姚春蘭回家後，將此事告訴了她爹娘。她爹娘意識到她可能被別人利用了，又牽扯到同村陶瑩的名聲，教育過她不許再和村裡人提昨日看見過的事。

薛婉心裡很滿意，心想這姚家的爹媽果然也不是傻子，為人還算厚道。於是笑著摸了摸她的腦袋，站起身來。「乖，好妹子。姐姐不是問妳這件事。」

姚春蘭仰頭望著她，見她將那朵被風兒吹得花瓣輕輕起舞的紫蓮絹花放在豔陽下，忙問：「不是問這件事？那、那妳想問我什麼？」

「先告訴姐姐，妳覺得這朵絹花漂亮嗎？妳想要嗎？」

姚春蘭非常誠實地點點頭。「很漂亮。我想要它。」

薛婉立刻轉了個問題。「昨日，是誰讓妳去竹林裡的？」

由於陽光耀眼，薛婉又背光而立，姚春蘭便有些看不清她的容貌，再加上有那朵絹花吸引自己的注意力，姚春蘭只是個八歲的女娃，就沒多想，道：「是佟家嬸子告訴我說竹林裡有山蘑，若是再不去採，就被別人採光了。」

薛婉將那朵絹花遞到她面前，笑容未滅。「吶，如今它是妳的了。」

得到自己想知道的訊息，薛婉片刻不停留，跑回家裡就告訴了陳氏。陳氏一聽，皺著眉頭說：「佟家嬸子？」思索片刻，覺得不太對。「妳沒聽錯嗎？是佟家嬸子？」

薛婉納悶。「不會聽錯的，就是佟家嬸子。娘，怎麼了？她不是牡丹家的親戚或相熟的人家嗎？」

陳氏搖搖頭。「不是。她和牡丹家不熟，也沒沾親帶故。」

薛婉忽然想起什麼。「她家家境怎麼樣？佟家嬸子人品如何？和哪些人家相熟的？」

「家境挺不好的。前兩年，她男人得肺癆死了。她人還行，很本分，不太愛說話，和哪家都不太熟。那相鄰的人家，可能會熟一點。」

「她家或她的鄰居家有待嫁的閨女嗎？和文松哥相配的？」

「也沒有。」陳氏再次搖頭，眉頭擰得更緊了。

薛婉頓時猜到可能性，接著故意捧著心口抽了口氣，痛聲嘀咕道：「我的銀子喲……」

陳氏弄不明白薛婉這是怎麼回事，見她整張臉都皺了起來，不由得擔心地湊過去，緊張的問：「婉兒，妳怎麼了，心疼嗎？」

薛婉感嘆。「可不心疼嘛！我的銀子眼見就要飛了。」

陳氏轉過彎來，有些驚了。「妳是說……有人花錢請她這麼做的？」

這次真的讓陳氏有些傻眼，青山村這麼些年來，有吵架的、也有打架的，為了各種雞毛蒜皮的事爭執的都有。

但村子裡的人大致來說還算質樸，花錢請人幹這齷齪事的，陳氏自從嫁過來以後，還真沒聽說過。所以要是薛婉沒提，她壓根兒不會往這方面想。

薛婉輕輕拍了拍她的手。「娘，有錢能使鬼推磨。」說罷，自己去西屋，從榻下抱出一個黑陶罐，放到桌上，笑望著親媽。「這是我的全部家當，近來存的和賺來的，總共就這些了。五百文大錢，差不多就是爹半個月的月銀了。我也花錢來試試，看看能不能使鬼來推推磨。」

薛婉的辦法果然奏效。她甚至沒用到五百文，只花了三百文錢就讓佟家嬸子說出真相。原來是與牡丹家隔了兩戶的柳家嫂子給她塞了些錢，讓她去喊姚春蘭進林子的。

薛婉抓抓頭，這回被繞得迷糊了。怎麼又出來個柳家嫂子？她又是誰？自己對村中的人際關係知之甚少，於是又急匆匆地回去問了陳氏。

聽了女兒說的人，陳氏這回倒沒露出皺眉不解的神情，只是恍然道：「原來是她啊！」

「娘，怎麼了？」看陳氏如此神色，薛婉好奇追問道。

「柳家原本也和王家不熟，但她男人在縣裡的活計，好像是牡丹家幫忙找著的。起先我也不曉得，村子裡沒幾個人曉得。是有次大山娘去山裡頭採野菜，碰巧聽見柳家嫂子在向牡丹她娘道謝，這才偷偷告訴我的。」

哦……原來是柳家欠了牡丹家人情，這次來還了。

薛婉明白了。此事設計得這麼隱秘，兜兜轉轉找了好幾個人來給陶瑩布局，看來牡丹家的人也不傻，至少她家搞起事來還是懂得遮掩的。

可惜，這世上沒有不透風的牆！

薛婉在外面來回奔波，又是蹲姚春蘭，又是逼問佟家嫂子的。此刻見事情終於有了眉目，稍稍定了定心神，去灶間的盛水陶罐裡舀了兩勺涼開水出來，痛快地喝了個夠。

陳氏方才去地裡看了趟莊稼，此時也是剛到家不久。見薛婉總算坐下歇口氣，抿唇想了會兒，嘆口氣說：「方才我在路上，已經聽見有人傳瑩姐兒的閒話了。村裡那幾個不著調的男娃，蹲在地裡頭不幹活，盡說些瑩姐兒讓人給抱了摸了的汙糟難聽話。也不曉得李文松知道了會怎麼辦。」

薛婉聽了，冷冷一笑。

呵……閒言傳得真快。不都在農忙嗎？怎麼耳朵、嘴巴還都不閒著呢？

姚春蘭雖然今日改了口，可昨日她剛撞見時，可是拉著一堆村婦、村姑的說了不少大實話。那小丫頭單純，多半原是想著找幾個大人去幫忙救陶瑩，可惜卻管不了大人們的嘴，反而害了她。

同時她又有些擔心陶瑩，於是起身走到院子裡，往陶家的方向張望。

剛出堂屋，就見薛敬從院外進來，原來是他下學歸家了。

薛婉瞧他皺著眉毛，小臉繃著，便走過去，接過他背後卸下的小竹簍。「敬哥兒，怎麼這個臉色？你是不是也聽到啥不好聽的話了？」

舀水洗手。

薛敬輕輕點了點頭，擔憂地望了一眼陶家的方向，一聲不吭的去灶間大水缸裡舀水洗手。

薛婉更愁了。連薛敬下學回來路上都能聽見，李文松等會兒回來肯定也會聽到風聲。

這事情薛婉料得沒錯。李文松和他二弟回來的路上，可沒少聽那幾個混小子胡說。氣得兄弟兩人恨不得上去揍人。

將那幾個混小子趕走，又將氣鼓鼓的二弟先勸回家，李文松原本想直接去陶家見陶瑩。

可是一方面，他覺得自己就這麼沒頭沒腦地衝過去陶家很不像樣。

另一方面，又覺得如果那些村人說的是真的，自己未過門的媳婦被別的男人給又碰又抱的，心頭竟忽地湧起一股難堪滋味，極不好受。思來想去，也沒個結論。他便站在路中發呆了半晌，才蔫蔫地回了家。

路上遇見幾個從田裡回來的村人，他總覺得他們與他打招呼的眼神裡都透著若有似無的嘲笑。不知不覺的，心情就更惡劣了。

進了家門，李興盛與宋氏正在布菜擺筷子，李文柏正坐在桌邊生悶氣。

夫妻倆看李文松那泛著鐵青的臉色，就知道他聽見什麼了。猶豫半晌，留李文柏在院裡看著弟弟和妹妹，李興盛和宋氏將李文松單獨叫到屋裡，關起門來將陶瑩她娘早上過來告知的事一五一十地說予他聽。

李文松聽完，心裡百般不是滋味。一來既心疼陶瑩的遭遇，二來又感覺心裡冰清玉潔的明珠沾了灰塵，有點暗怪陶家人太過實誠，不該這麼老實將事情全都告訴自己家。若是不說，說不定大家還能閉著眼睛彼此裝作不知道。

第二十七章

李文松家境殷實，去年他考中秀才，今年又與心愛的姑娘訂親，真是一路順風順水。正所謂春風得意少年時，如他這般出色的男娃，正是喜出風頭又愛面子的年紀。

此時心愛的未婚妻出了這種被人輕薄的事，還被傳得村子裡不少人都知道了，於他而言簡直是當頭被潑了一大桶冷水。若論打擊，絕對不算小。裡子、面子都被傷了個透，一時腦子轉不過彎，氣得拂袖甩門就把自己給關了起來，連晚飯都沒心情吃了。

李興盛和宋氏見大兒子如此，既心疼又無奈，同時他們也覺得有點難堪。這以後大兒媳婦娶進了門，興許時不時的就會被旁人給提提那些羞惱的往事，換誰誰心裡會舒坦？

這破事就是污糟又說不清的一股臭氣，不能對人造成什麼實質性的傷害，但每每想起或被提起，就會被熏得直從心底泛噁心。亦如扎進皮裡挑不出來的暗刺，稍微碰上一碰，不會出血，卻能讓人覺得刺痛。於李文松而言是如此，於李家夫妻而言亦如此。

李興盛和宋氏想到後來，真是又憋悶又惱火。夫妻二人直把那幹壞事的人給恨了個徹底。

李家不好過，此時陶家的飯桌前也是氣氛沈沈。

陶三福從田裡回來時，也聽到村子裡有人傳閒言碎語，頓時憋了一肚子氣。

李氏便安慰他讓他別氣，小心氣壞了身子。這事她在河邊洗衣服時也聽見了。說是昨日被姚春蘭拉過去的幾個嫂子裡，有兩個與牡丹家的關係很不錯。流言會傳得這麼快，想必與那兩人有關。

見陶三福氣得連筷子都不動，李氏便勸他。「要不等明日你下田回來，我備些禮，晚上咱們一起去李家坐坐，給李大哥和宋嫂子說道說道，安慰他們一下？」

陶三福聽完，幾不可見的點了一下頭。黑著臉，默不吭聲地執起筷子，使勁往自己嘴裡扒飯，撐得臉頰鼓鼓的，還在往嘴裡塞。

陶瑩紅著眼睛，也沒心情吃飯。聽到李氏如此說，又見她爹的臉上顯出一絲屈辱、羞恥的神情，心裡過意不去，放下筷子奔出了家門。

陶三福身子一頓，抬頭想喊她，李氏忙拉住，臉上露出一絲笑。「讓她去吧。她心裡也不好受。往常文松時常這個時候去院後的那條溪邊等她說話，說不定她是去等文松了呢。丫頭家家的受了委屈，還得要自己的男人安慰，最是管用。」

那條小溪就在陶家與薛家的後面，相隔不過三、四丈遠，在院子裡就能清楚看清溪邊的情形。再說李文松自從和陶瑩訂親後，還算守規矩，頂多也就在溪邊偶爾悄悄拉拉陶瑩的手，其餘都是當著陶家人的面來往，陶家夫婦對閨女和他在一起獨處，還是挺放心的。

李氏身為女人，身為母親，很了解自己的閨女，陶瑩的確去了溪邊。

從昨日的擔驚受怕，到今日的委屈煩悶，陶瑩很想見見李文松。他那麼有才華，又那麼照顧自己家，所以她從昨夜驚嚇過去以後，就一直很想見到他。

她想和他訴說自己的害怕和委屈，卻又怯見李文松，怕他知道自己讓別人給碰了，會嫌棄自己。故而她昨晚沒去溪邊，羞愧、膽怯都讓她想見而不敢見他。

可是今日，當她見到自己爹娘說要去李家賠小心時，她卻感覺到一絲不同的憋悶。

她的爹娘並沒錯，都是因為她自己不小心貪圖近路，才惹上那種事，為什麼要她爹娘彎腰，代替自己去給未來夫家變相賠禮？那讓她十分心疼內疚，也讓她感覺到身為子女，沒能讓父母享福，卻讓父母因自己而不得不彎腰、受委屈的羞恥。

其實她知道，知道她能和李家訂親，父母心裡有多高興、多揚眉吐氣。雖然她自身條件不差，但論起雙方家裡，還有李文松的秀才身分，她與李家結親絕對算是高嫁。故而訂親之後，但凡說起李文松，說起李家，父母的言談之間總是不自覺地透出一種小心翼翼。

她起先能隱約感覺到，卻說不清那是什麼意思。此時回想，才霍然明白，那是父母與李家從身分地位的不對等而露出的一種怯懦。這種心底泛出的怯懦，是因為自卑，也可稱作討好。

思及此，陶瑩心裡忽然涼了一下，彷彿從一個悠長的夢境裡突然醒來，回歸現實。她無意識地抬眼一望，見到此時銀盤似的月亮已然爬上樹梢。

樹梢的枝葉落去大半，有些光禿的枝椏分叉著，將那輪明月割出幾道彎曲醜陋的黑線。遙遙望去，此刻本該圓滿明亮的秋月，竟似是一面碎裂成幾塊的銅鏡。

原來已是這個時間了。

陶瑩輕輕嘆了口氣，自己居然在溪邊一邊發呆一邊等，等了將近半個時辰。想來，文松哥應該是不會來了。以前他若來，總是提前到，絕不會讓自己等他。何況還都等了這麼長時間。

一陣涼颼颼的秋風吹來，陶瑩不自覺地搓了搓手臂。心裡感嘆白日明明那麼熱，可到了夜裡卻涼得人渾身疼。

到底是秋日了啊……不比夏日的炎熱了。此時已入夜，若被這西風吹得久了，可是容易受寒的。

陶瑩從溪邊站起，看了一眼夜色中幽幽的溪面，那裡的她形單影隻，不再如以往，李文松在她身邊時，對影成雙。

她又期待又羞愧地盼著他，心裡一會兒冰，一會兒火，忐忑不安。可是今夜，他沒來。是不是以後，都會只有自己一個人倒映在溪裡的影子呢？

陶瑩不知不覺地嘆了口氣，心裡既失望又難過，湧起一股難以言喻的預感，覺得她和李文松的緣分，說不定就這麼到頭了。

李文松留在她心中的溫暖火堆，彷彿就在這等他的半個時辰裡，悄然熄滅了。

也罷，事情既然已經發生，總要做好最壞的打算。陶瑩往前跨了一小步，想要再看一眼自己的影子，告訴自己就算以後只有她一個人，也一定要堅強——就如隔壁的婉兒妹妹一樣。

卻不想眼前的溪面倏然冒出另一個影子。陶瑩乍一看見還以為是李文松，心頭一喜，待看清那影子比自己矮了一個頭時，才後知後覺地驚了一下，扭過頭去，喚道：「敬哥兒？」

與此同時，她的手也被眼前小男娃的手給緊緊拉住了。「瑩兒姐姐，妳別想不開！」

薛敬臉上露出焦急神色，攥著陶瑩的手，幾乎把她捏疼。

李文松沒來，薛敬來了。

陶瑩愣了半晌，再見這小男娃一臉著急，又想起以前薛婉曾經跳過河的傳聞，心裡登時一鬆，知道他是擔心自己，遂舒了口氣，笑著問他。「你是看見我走到溪水邊，擔心我跳進去，才跑來拉我的？」

薛敬毫不猶豫地點點頭，擔憂地抬起頭望著她。

這條小溪雖然稱作溪，可深的地方也有半人那麼高。真的掉下去，要是滑倒了，也會淹死人的。

薛敬吃完晚飯在院子裡和大黑玩時，望見陶瑩獨自一人入了夜還往溪邊走。等了一會兒又不見李文松過去，想起自己姐姐以前的事，又想起這兩日陶瑩的遭遇和那些閒言碎語，生怕她一時想不開，這才急急忙忙趕過來。

再見她一步一步地靠近溪裡，更是被嚇了一跳，連忙奔過來去拉她的手。許是陶瑩一直沈浸在自己的心事裡，才沒發現薛敬跑來時弄出的響動。

望著薛敬擔憂的眼神，陶瑩忽然感覺到一種親切，記起昨日自己危難之時他竄出來拚命保護自己的樣子，心裡暖融融的十分感動。想抬手摸摸他的腦袋，又想到他昨日彷彿大人般的模樣，於是改拍兩下他的肩，柔聲笑說：「敬哥兒放心吧。瑩兒姐姐沒事，正打算回家呢。」

薛敬歪著頭，一雙亮而有神的眼睛仍然盯著她，似乎不太相信她的話，那小手也緊攥著她的手，溫暖從他的手心傳遞過來。

陶瑩見他那抿嘴、緊張地盯著自己瞧的可愛樣子，忍不住笑了。「敬哥兒，我說的是真的，你別不信呀。」

「敬哥兒——瑩兒姐姐——」薛婉的聲音自兩人身後響起。原是她久不見弟弟回家，遙遙望見他和陶瑩在溪邊，遂過來找他們。

陶瑩看見薛婉，也喚了她一聲。「婉兒妹妹也來了。」

薛婉見她眼底有一抹散不開的愁緒，覺得不能讓她一直陷在這幾天的事情裡，想了想，便說道：「瑩兒姐姐，天冷了。我又琢磨出一個新吃食，在天冷的時候吃最好了。咱明日商量一下，看看等農忙過後，做出來請陶叔趕集的時候出去賣了賺銀子唄？」

雖說已經努力打起精神，可陶瑩心底正是徬徨無措，一聽薛婉的主意，登時感覺有另一股力量湧入心裡，支撐起自己。

近幾個月有薛婉出的點子幫忙，姐妹倆一起做桂花糕，再由薛婉畫新花樣子，她來照著做新式的繡品帕子。兩人一個動腦，一個動手，合在一起努力掙錢，她家已經因此陸陸續續地賺了有一兩半的銀子。

如果自己家今後能賺到更多銀子，家境好點，她爹娘往後與李家相處時，是不是再也不用那樣賠小心了？陶瑩眼底亮起閃閃的期盼光芒，點頭道：「好。咱明日就做。」

薛家院裡此時遙遙傳來陳氏的喚聲。「婉兒，敬哥兒，回來吧。你們爹回來啦！」

剛才陳氏還在念叨今日婉兒爹怎麼那麼晚還不回來，一直等到現在入了夜他才歸家。薛婉與薛敬將陶瑩送進陶家院的門，這才趕忙轉回自己家去。

回到家中，就聞見一股很濃的酒味，漫得整個堂屋都是。薛婉不禁抽了抽鼻子，問醉歪歪地靠在桌旁等陳氏熬醒酒湯的薛南。「爹，你喝酒了？」

薛南笑嘻嘻地打了個酒嗝，黝黑的臉頰上浮著兩朵搞笑的紅暈。「啊，喝了點。少東家請客，咱們鋪子裡的工匠、夥計們都去了。」

薛婉止不住地翻個白眼。爹啊！你喝得兩隻眼睛都恍惚了，還敢說只喝了一點？還一路酒駕，趕牛車回來。這多危險呀！這如果換做現代，非給警察逮住或是測速照相拍到，罰款兼吊銷駕照不可！

心裡吐槽，薛婉嘴上卻道：「什麼好事值得請客呀？少東家不是兩個月都沒進鋪子了嗎？怎麼突然請客了？」

提起這個，薛南就忍不住仰脖哈哈大笑起來。「當然是大喜事啊！少東家過了鄉試，中了舉人，妳說是不是得請客呀？」

薛婉一驚，心想那還真是天大的喜事。難怪那位公子兩個月沒露面，原來是「考前衝刺」去了。

之前自己每次去鋪子裡他都出現。最近他一直沒出現，薛婉雖然心裡納悶，可進了鋪子一忙就把這事給丟到腦袋後面去了。事後，更是想不起來。反正陸桓是官二代嘛！不是讀書就是應酬，總是很忙的，不來鋪子裡也很正常。

眼下回想起來，她每次去鋪子，他都在，這才是不正常呢！

「哦！他考中了呀。那是該好好的慶賀。爹改日見著他，記得幫我和他道聲賀。」

驚訝過後，薛婉不甚在意，隨意說了幾句，就去灶臺邊的木櫥裡翻之前從胡商鋪子那裡買回的佐料，心裡就開始琢磨和陶瑩做好吃的事。

薛南見女兒這副事不關己的態度，頓時不樂意了，再加上喝了些酒，腦子不清楚，竟提著嗓門訓她。「什麼叫哦？怎麼能讓我代妳給他道賀？妳說妳一個女兒家家，怎麼該妳著急的事妳從來不急？對他也不上心？」

薛婉聞言，挑起眉毛，奇道：「我上啥心？我為啥要對他上心？」

薛南差點說溜嘴，恢復一絲理性，尷尬地咳了一聲，趕忙換話題。「妳、妳這兩日好好收拾收拾……」想起女兒在這方面的遲鈍，乾脆挑明了說：「好好打扮打扮，等咱家收完莊稼了，跟我去趟鋪子裡。少東家說要請咱們倆吃飯。」

薛婉「啊」了一聲，這回真是被驚到了。「為啥要請咱們吃飯？你們不都吃過了嗎？還要吃幾頓啊？」

薛南瞇起眼睛，嘿嘿一笑。「就請咱們倆，沒別人。」

薛婉不樂意了，再加上出了陶瑩的事後，她對「本土女子」該幹麼、不該幹麼有了一番新的心得體會，心裡就不願意與那官二代牽扯太多。

都不是一路人，硬是湊上去要幹麼？這裡男女有別，又講究門當戶對，以後若是不注意這方面，傳出她巴結官二代的傳言，搞得她平穩日子一團亂，她可是一點都不願意。

遂隨意揮了揮手，對親爹道：「要去爹去，我可不去。」

薛南立時唬了臉，一拍桌子，晃著身子大聲斥道：「妳說什麼？我讓妳去，妳就得去！妳還是不是我閨女！」

一旁的陳氏和薛敬還有薛婉被他突然而來的大嗓門嚇了一跳，紛紛停下各自手中的事，朝他望去。

「婉兒爹？」

今天是怎麼了？怎麼閨女說不去，居然發這麼大脾氣？

陳氏和薛婉的想法差不多，覺得陸桓的家世太高，不是他們這種人家能肖想的。既然不能肖想，那當然要避嫌。女兒也沒說錯話，怎麼就忽然發火了？

第二十八章

陳氏與薛南畢竟是多年夫妻，一見他這般反常的樣子，就猜他心底一定藏著什麼事。當下便讓兩個小的回了西屋去休息，自己則默默地熬好醒酒湯，將醉得有些糊塗的薛南扶進東屋歇息。

薛南方才一時情急對閨女發了火，眼下正心虛著，酒都醒了大半。見女兒和兒子都離開了，媳婦又繃著臉不與他說話，心裡更是發怵。

陳氏在灶間將醒酒湯熬好，倒入一個粗瓷碗裡，掀開門簾時，見薛南斜靠在榻上，瞪直眼睛望著屋頂發呆，那樣子透出幾分傻氣。不由得牽了一下嘴角，又趕忙斂住笑容，淡淡道：「吶，湯熬好了，趁熱喝吧。」

說罷，陳氏將瓷碗放到榻旁的小木几上，坐在榻沿，也不看他一眼。

薛南斜著身子蹭啊蹭地蹭到她身旁，牽起陳氏的手，腆著臉哄媳婦。「婉兒娘，妳生我氣吶？」

陳氏睨他一眼，沒搭話。

薛南賠笑道：「我今兒有些喝多了。妳別與我計較啊。」

陳氏微微側過身，臉上不似生氣的樣子，只肅容問他。「婉兒爹，你是不是有事瞞著我？」

「怎、怎麼說？」薛南心虛的移開目光，悄悄鬆開她的手。

「上次婉兒生辰，你說鋪子裡的老匠頭送了生辰禮給她。不是只有衣服嗎？我給她收拾屋子時，還瞧見一套女兒家用的妝品。那個應該很貴吧？衣裳是老匠頭送的，那妝品呢？沒道理一個生辰送兩樣禮呀！那樣貴重的妝品，該不會……是少東家送的？」陳氏盯著他的臉，看盡他臉上的每一個表情。

薛南心虛地猛眨眼睛，更不敢看陳氏了。

等了片刻，不見薛南回答，陳氏又問：「這次你又讓婉兒去應少東家的約。婉兒不去，你還發這麼大火。我覺得婉兒不去是對的，她近兩日因著瑩姐兒出的事，看樣子懂事不少。」

「瑩姐兒有啥事？」薛南最近兩日都住在鋪子裡，今日剛回來，尚未能與村人閒侃，故而不知道陶瑩的事，聽陳氏一提，便好奇問道。

「你先別打岔，待我問完，再將瑩姐兒的事告訴你。」

薛南摸摸鼻子，點頭，老實地聽媳婦念叨。

「咱家什麼身分家境？少東家什麼身分？婉兒躲他都來不及，你為何要將婉兒直往他那裡推？到時惹出什麼不好聽的名聲，吃虧的還是咱家閨女！」想起薛南曾經為了賭債差點就將閨女賣掉，這回他又顯出想要用女兒巴結縣尊公子的意思，陳氏心裡的火就頓時燃了起來。

她帶著怒氣道：「那種人家，咱們巴結不起！你若再動什麼歪念頭，咱們倆這日子就真的過不下去了！」說著，不禁悲從中來，落了眼淚。

見媳婦急得落淚，薛南也不敢再瞞，急道：「不、不是咱們巴結他，是他求我……」

「啊？」陳氏淚眼濛濛地望著自家男人。

薛南見瞞不住，只得將她拉近身前，抬手攏著她的耳朵，將婉兒還未及笄時，陸桓單獨對他說的那番話悄聲告訴了陳氏。

陳氏聽完，也顧不得落淚了，驚得目瞪口呆，半宿都沒合眼。

第二日起來，薛婉如往日一樣幫陳氏生火，見她時不時的就將眼神飄來自己臉上身上，欲言又止。那眼神裡夾著耐人尋味的探究，還帶著憂慮和些微的喜悅，弄得薛婉心裡頭直發毛。

是不是自己並非真「薛婉」的事，被親娘發現什麼貓膩了啊？

直到送走薛敬，薛南下田去收莊稼，陳氏才悄悄對薛婉說：「妳爹讓妳去應少東家的約，妳還是去得好。不然妳爹今後在木匠鋪子裡，也很難做。」

薛婉奇怪了。昨晚她說不去時，她娘也沒反對，還用欣慰的眼神看向自己，示意自己做得對。怎麼才過一夜，娘就突然改口了？

陳氏見女兒盯著自己，眼中充滿疑問，只扭過頭去，眼神偶爾往她身上晃一下。

薛婉在家被親媽時不時繞在自己身上的視線看得直起雞皮疙瘩，等用完早飯沒多久，便藉口要做好吃的，抱起一堆佐料急慌慌地逃去了隔壁陶家。

陶叔和李氏一大早就去小貨棧辦了點禮，去了里正家裡。只留陶瑩和陶彩兩人在家。

今日又是一個碧空如洗，秋高氣爽的好天氣。

可陶家的兩個如花似玉的閨女，臉上的神情並不如天氣一樣萬里無雲。

陶瑩眼睛有些腫，紅通通的，臉色十分憔悴。而往常如向日葵一般充滿活力的陶彩，此刻也是蔫蔫的，無精打采。

薛婉見她們如此，連忙拉著兩人道：「打起精神來。咱們可是要琢磨賺銀子的方法，聽說若是愁眉苦臉，財神爺瞧見了會不喜歡，到時又怎麼肯來保佑咱們呢？」

陶瑩聽了，艱難地扯了一下嘴角。陶彩則用手拍拍自己的小臉，強打起精神。

「好，咱聽婉兒姐姐的！」

「今日婉兒有什麼主意？」陶瑩揉了揉眼睛，牽強笑道。

薛婉捧著一大包佐料放到桌上。「今日咱們來熬湯。」

「熬湯？」陶彩瞪大眼，去翻薛婉放在桌上的那包佐料，一邊翻一邊數。「八角、桂皮、辣子。」翻出兩小紙包她沒見過的東西，拿到鼻子旁嗅了嗅，又舉起來問薛婉。「婉兒姐姐，這兩個是啥？瞧著不像是咱平日用的佐料啊？」

薛婉道：「啊。那是薑黃，還有小茴香。」

陶瑩奇怪道：「這兩樣，能用來熬湯？這兩個，不是藥材嗎？」

「可以，可以的。絕對沒問題。」薛婉篤定的點點頭，又問：「對了，瑩兒姐姐，妳家有豬骨或羊骨嗎？另外，還要點香菜、小蔥和大蒜。」

「小蔥和大蒜都有現成的，就擱在灶臺旁邊呢。香菜在院裡，妳若要用，現去割來就行。不過我家沒有豬骨，也沒羊骨。」

「好，那我去村頭的張屠戶家裡買些。妳們在家，先找出我方才說的那幾樣吧。」薛婉說完就想走。她知道陶家一向節儉，平日應該不會有這兩樣東西，故而出門時已經在身上放了些錢準備著去買。

「婉兒且等等。」陶瑩說著，解下繫在腰間的圍裙，整了下衣襟。「我與妳一同去。」

薛婉有些驚訝。她原本以為陶瑩出了這種事，最近應當都是不敢出門的，沒想到她這麼快就敢出門面對挑戰了。以她平素溫婉害羞的性子，該不會是最近遇見糟心事，昨晚又沒等到李文松，因而受刺激受得太狠了才這樣？

陶瑩苦笑著伸出纖指點她的腦袋。「作什麼這般看我？我爹娘都能忍著閒言出門，沒道理我這當閨女的，只顧自己躲家裡，讓他們去替我難受吧？」說到此處，頓了一下，眼神暗下來。「我也要去聽聽，看看村裡人都怎麼傳我的。」

張屠戶的家位在村頭，劉小杏家住東邊，而他家則住在西邊。兩家相隔不算遠。

薛婉與陶瑩走在路上，沒遇見村裡的男子，想必這時候他們都在田地裡忙著呢。婦人也不太多，許多人家的莊稼已經收完了，家裡的婦人們都在忙著將收下來的糧食晾曬，方便日後的儲存。

薛婉見快走到地方了，沒聽到什麼難聽話。眼見轉過前面的小路口，就能走到張屠戶家，剛想悄悄舒口氣，右手邊倏然傳來隱約的說話聲。

薛婉想要走近點看看是誰，陶瑩卻忽然伸手一拉，將她拉到一棵枝繁葉茂的杏樹後面。

薛婉沒想到陶瑩反應那麼快，愣了一會兒，才看清杏樹的另一邊站的正是李文松的娘宋氏，還有個是她不太熟悉的村婦，穿著村裡婦人幹活時常穿的一身短式襖裙。她連忙翻找了下記憶，知曉那好像是與宋氏關係不錯的人，李興盛的弟媳，程氏。

此時，只見程氏語重心長的正在勸宋氏。「嫂子，妳別和待在小貨棧那邊的幾個嘴碎的一般見識。她們呀！就是嫉妒妳，想毀妳家文松的親事才那般說的。」

陶瑩拉著薛婉的手還未鬆開，聽到這句話，不由自主地顫了一下。薛婉擔憂地望著她，見她臉色很凝重，便輕輕拍了拍她的手，以示安撫。

宋氏被程氏勸著，垂頭深深嘆了口氣，臉上一片愁容。「我怎麼不知？我就是太知道了！出了這事，我家文松昨日下學回來，知曉此事後，氣得連飯都沒吃。今日也沒去學裡，只關在屋裡不出來。我都擔心他把自己給氣壞了。」

原來文松哥今日在家，沒去學裡！往常不管打雷颳風，他從不會耽誤學業。頂風冒雨去念書，回來一身濕透的時候也不見他眉頭皺一下。陶瑩暗自驚訝，又十分牽掛和心疼他。

杏樹那邊，又傳來程氏的感嘆。

「這事哪個男娃攤上了，還會有心上學的？文松自小就喜歡瑩丫頭。這俏媳婦還沒娶進門呢，就讓別的男人給摟摟抱抱的。若是換了我家明哥兒，說不準早就嚷著要退親了。丟不起那個臉！妳家文松要才有才、要貌有貌，家裡頭境況又好。要說這瑩姐兒本身也不差，可這家境實在是有些不般配，不過先前倒是挺適合，但如今再遇上這事。唉……嫂子，我真想好好安慰妳，可又不知該怎麼勸妳。」

「誰說不是呢？」宋氏愁眉苦臉，聲音裡布滿理不清的愁緒。「我家是沒想要退親，畢竟這也不是瑩丫頭的錯啊！瑩丫頭也是遭罪。可若以後她進了門，這時不時地被旁人提起這麼丟人的事，我家文松的心，可不就動不動讓人給放在鍋裡煎熬兩下？說起此事，我和妳哥的心也跟有針扎著拔不出來似的，提一提，就刺痛得慌！」

程氏無奈搖頭，安慰似的捏了捏宋氏的手。「不是我說，大哥和嫂子你們倆都是厚道的人啊。瑩姐兒遇見你們這對公婆，真是好福氣。」頓了一下，又問：「聽說今早陶家夫妻上妳家去了，還提著禮呢？」

宋氏默默地點點頭，斂起愁容，眼睛半垂著，看不出情緒。

程氏感慨道：「這是怕妳家要退親吧。畢竟往後她家閨女若想嫁過來，你們夫妻兩人，還有文松都是要因此事很受些委屈的。這是想讓你們多多擔待啊……」

宋氏沒說話，只是低頭抹了抹眼睛，臉色卻有些漠然。

陶瑩和薛婉在樹後將兩人的對話與神態聽看得一清二楚。

薛婉見陶瑩的臉色煞白，身子不住顫抖，生怕她因此傷心出個好歹，趕忙拉著她悄聲離開了。

兩人來到一處無人的埠頭，面對秋日澄澈清冽的河水站了半晌。陶瑩望著平靜無波的河水，已經冷靜下來不再顫抖，只是臉色依然十分難看。

薛婉不知該如何安慰她，只覺心裡憋悶得厲害，同時又隱約感覺到胸中有口無處宣洩的怒氣，彷彿滾雪球一樣越積越大。

陶瑩回頭見她胸口一鼓一鼓的，小臉通紅，顯然氣得夠嗆。忙拉了拉她的手，反而勸她道：「婉兒妹妹，妳別氣。李二嫂……李二嫂和、和宋大娘也、也沒說錯的。」

薛婉氣她脾氣太好。「瑩兒姐姐，妳不委屈、不難過嗎？」

「委屈、難過，難過得都快死掉了。」陶瑩咬了咬嘴唇，紅著眼睛低下頭。「可是、可是委屈難過，又有何用呢？」說到此處，她忽而抬起頭來，眼中閃過一抹薛婉從未見過的決絕。

薛婉訝然。「瑩兒姐姐？」

陶瑩緊緊捏著她的手，彷彿想從她身上尋求勇氣和力量，眼神幽幽地盯著薛婉。「婉兒，我只問妳。若妳是我，妳、妳會如何做？」

薛婉皺起眉頭，猶豫了。

一段婚姻，若雙方的物質條件不平等，那至少在精神層面要平等。然而……此時，連精神層面都不平等了。

李家人就算不退親，可從心底來說，還是難免介意陶瑩被人非禮的事，並且也認為此事讓他們難堪。這種情緒一旦出現，就不會再消失，它就像是婚姻裡的不定時炸彈，日子平順時無關緊要，但若是出了問題，矛盾就很可能因此事而加劇。

一份夾著暗刺的婚姻，又怎能稱為美滿呢？更何況，受傷的也不只小夫妻二人，而是兩家人裡子和面子都被綁了進去。

陶瑩看清薛婉的臉色，猜到她也明白自己的顧慮和難處。

遂輕輕拉了一下出神的薛婉，似是已經下定決心，眼裡漸漸蓄滿淚水。「婉兒，妳知道嗎？這兩日我一直在想，想往後我該怎麼辦？可是，昨日我見我爹娘在桌前說到要去李家為我賠禮時，我覺得自己的心好痛，也覺得好屈辱。我爹娘為我給別人彎腰了。我沒能好好孝敬他們，卻要讓他們為我操碎了心，給別人賠笑臉。我的心好痛啊！就像被人用刀子割、用刀子攪那樣疼。」

薛婉聽她痛聲形容，似是有所感悟，想到那種感覺，也覺得心痛難忍。

「方才聽見李二嬸和宋大娘的話，我覺得我一下子想通了。想通該如何掙脫這困局。」說到此處，陶瑩眼裡的淚珠倏地滾落，一邊顫聲抽泣，一邊死死捏著薛婉的手，努力地說清楚自己想說的話。

「若我仍然縮在家裡不願面對現實，那麼往後不只我的爹娘，就連文松哥、李大叔，還有宋大娘，他們也都得因此事背負上卸不去的包袱。我不願他們因我而受這等委屈，也不願我的姻緣因大家解不開的心結而蒙塵。若蒙了塵，我、我寧可不要這門親！妳能明白我在說啥嗎？」

第二十九章

薛婉見陶瑩不停流淚的眼睛裡閃動的堅定光彩，忽然意識到，這個女孩並不如表面柔弱。她知道，有個詞形容這樣的女孩，叫做——外柔內剛。

在《易經》裡，「乾」指「天」，「坤」指「地」。坤字對應女性，如用動物比喻，則指代「母馬」。

薛婉曾好奇，為何「坤」字的動物比喻會是母馬，後來她爺爺告訴她，那是因為在古代，人們認為母馬溫馴，但卻堅韌，象徵女性的溫柔和堅韌不拔的美德。而人們日常接觸的動物中，母馬正是如此。

薛婉從陶瑩身上，看到了這種既柔且韌的典型古代女子的特性。

陶瑩已然下定決心，而她需要有個站在她身邊，支持她的朋友，給她最後一搏的力量，告訴她：妳的決定是對的。我支持妳。

「若換做是我，我只想說……」薛婉望著眼前貌美如花的少女，緩緩露出鼓勵的笑容。「寧為玉碎，不為瓦全。」

陶瑩也笑了，輕輕點頭，柔聲重複道：「好。寧為玉碎，不為瓦全！」

薛婉猛地拉了一把陶瑩，將她拉到埠頭往上一級的石階上。「走吧。碎之前，也得拉幾個陪葬的。」

陶瑩腳下一頓，被動踩上一級石階，驚了。「啊？」

「我可是死過一回的人，早就豁出去了。」薛婉笑嘻嘻地指了指自己的鼻子，又轉而道：「都說寧拆一座廟，不毀一門親。既然敢毀親，就要付出代價。我不好過了，他們也別想好過，是吧？誰毀了妳的親，咱們就一個一個的收拾他們！」

陶瑩抬袖擦眼淚擦到一半，聽薛婉如此說，突然有些怕這樣不管不顧的她去做傻事。見這比自己還小三個月的丫頭，眼中散發出異樣的神采，簡直不輸給天上火辣辣的日頭，不由得緊張地勸她。「婉兒妹妹，妳不值得為我這樣。妳千萬別和他們去吵。妳正在議親，若是傳出凶名，往後不好說親的。」

「吵？我不吵，吵架有失風雅。我可是念過書的人，我只與他們講理。」薛婉歪著頭，眨了眨眼睛，對著陶瑩笑。「好好講講，做人的道理！」

就先拿傳閒言的小鬼開刀吧！

薛婉先決定收拾那些傳閒言的，是因為她和那些閒言傳播者都是「外圍」人員，而不是事件的核心當事人。就立場來說，她與他們相同，沒有不合適的。

而且人言可畏，出了這種事，往往是流言蜚語對當事人造成的傷害更大，並且這種傷害是持續不斷的。

所以，至關重要的第一步，就是先止住流言。至少，要在明面上止住。否則繼續放任下去，傳到外面的幾個村子裡，那陶瑩以後再想議親，就真的艱難了。

青山村是個大村，村子裡的人有些住得集中些，有些則住得比較分散。能這麼快就將消息傳得滿村都是，除非有人挨家挨戶的跑，否則一定是在大家都會去的固定地點散播謠言。

而幾乎每家每戶都會去的地方，無非是村子裡的屠戶家和小貨棧了。

屠戶家和削皮匠家，如果家裡不殺豬宰羊的，去的頻率不會高；再說那裡的味道也熏得人站不住腳，更別提在那邊待著閒聊了。

而小貨棧呢？油鹽醬醋、瓜子蜜角子、糕點飴糖、蜂蜜、針線帕子等等，甚至連給三歲小娃娃玩的波浪鼓都有。尋常人家常用的東西，在那兒都能買到。

開小貨棧的柱子媳婦機靈手巧，將小貨棧打理得井井有條不說，還在那附近周圍移栽了不少野花和幾株大梨樹，甚至還擺了幾把矮木凳子，只為平日多吸引一些人氣，最是適合閒來無事的漢子和婦人們跑去閒聊了。

分析過這些以後，再加上剛才聽程氏也提到過「小貨棧」，薛婉大致確定小貨棧就是流言傳出點了。鎖定目標之後，她先拉著陶瑩回了趟自己家。

陶瑩被她一路拖著跑，迎面的秋風吹來，彷彿將她這幾日受的悶氣都吹散了一些。秋日燦爛的陽光曬得兩人的臉都紅通通的，身上也因跑動出了一層汗。

陶瑩忽然覺得跟在這樣朝氣蓬勃的薛婉身後，有種能擺脫一切煩惱的錯覺。不知不覺，嘴角竟帶上一抹笑意。

薛婉拉著陶瑩跑進院子裡，兩人都累得直喘，把正在曬衣服的陳氏嚇了一跳。「婉兒、瑩姐兒，妳們這是跑啥？」

薛婉顧不上歇息，狠狠吸了兩口氣，等氣息平順一些，忙問陳氏。「娘，村子裡的成文規矩，您知道不？」

陳氏點點頭。「知道。怎麼了？」

「口說無憑，長舌毀人清譽者，該如何處罰？」

陳氏心裡一動，好像有點明白女兒的意思了。「罰不得參與春、秋兩祭各一次，跪宗族祠堂三日。」

薛婉心裡有數了。她點點頭，又對圍著自己轉的大黑說：「大黑，走！跟我出去一趟，做我的保鏢去～～」

說著，拉起陶瑩的手，出了自家院子。

大黑「汪」了一聲，跟在薛婉和陶瑩後面，高興地搖著尾巴跟在兩個少女身後。

薛婉拉著陶瑩跑到小貨棧後面的一條小村道上，與她叮囑了幾句話，然後兩人慢悠悠地繞過小道，走到小貨棧前，佯裝要買東西的樣子，往貨棧裡張望。

柱子媳婦正將新收來的蜜角子放到貨棧前的木架子上，一回頭，見兩個小丫頭過來，於是給站在前面的薛婉遞了個眼神，示意她往貨棧西側那方向看。

薛婉順著她的目光看過去，見兩個打扮得還算乾淨的村婦坐在一棵大梨樹下，約莫三十多歲模樣，正一邊嗑著瓜子，一邊閒侃。

薛婉在腦中搜索一番原主記憶，得知穿褐色衫裙的那個是許氏，穿靛色衫裙的那個則姓周。兩人的面前，滿地都是瓜子殼，想來已在此坐上許久了。

在她們對面，還有三個婦人坐著，手裡沒有瓜子，頭上、臉上都有汗，看樣子是剛來不久，被那坐矮凳的許氏和周氏給叫住閒談，順便歇歇腳。

薛婉給身旁的大黑比了個噤聲的手勢，又讓牠坐下。大黑十分配合，兩條後腿一彎，老實地坐下了。陶瑩稀奇地看著薛婉，瞧她給大黑打了幾個很奇怪的手勢，心想大黑那麼機靈，也許就是平時薛婉教的呢。

薛婉拉著陶瑩，讓她站在一個不顯眼的角落裡，等自己叫她出來時，她再出

麼。

來。陶瑩點點頭，說知道了。

薛婉做好安排，就悄聲靠近那兩個說得正起勁的村婦；聽聽她們究竟在說些什

只聽坐在左邊著褐色衫裙的許氏說：「唉！妳們這幾日都忙著在家曬收下來的莊稼吧？知不知道咱村子可是出大事了？」

對面一個婦人紀氏，拿著布巾擦頭臉上的汗水，聽許氏如此說，便挑起眉毛好奇地問：「出啥大事了？咱家最近忙得團團轉，我都沒工夫出來散步了。這不，好不容易整理完了，才敢跑出來到這兒坐坐。」

許氏把嘴裡的瓜子殼一吐，興致勃勃地說：「咱們村陶家的那個瑩姐兒，妳知道吧？就咱村最漂亮的那個女娃。」

對面的紀氏登時來了興趣，兩眼放光問：「知道啊。怎麼了？那女娃可真是好相貌啊，我家四郎在屋裡可沒少和我提她。說她又好看又溫婉賢慧。」

許氏的倒八字眉挑了一下，嗤了一聲，擺出一副十分嫌棄的樣子。「嘖！好看賢慧有啥用啊？不乾淨了！前兩日，聽說在竹林裡被個陌生的男娃又摟又抱的，把便宜都給占了個遍。」

她旁邊穿靛色衫裙的周氏趕忙附和道：「是啊是啊，聽說還摸了臉呢。唉！這

樣的女娃，就是再漂亮賢慧，妳敢討她給妳做兒媳婦嗎？那妳四郎豈不是還沒成親就得戴著綠帽子了？」

紀氏聽了，立刻皺起眉頭，臉露疑惑。「不、不可能吧！這村裡哪個男娃敢那麼大膽，幹出這種事來？再說她不是和里正的兒子訂親了嗎？哪個男娃敢如此放肆？」

周氏的倒三角眼眨了眨，抓著瓜子一邊嗑一邊說：「怎麼不可能？都讓人給瞧見了呢！」

薛婉沈著臉，忍無可忍，走上前兩步，繃著臉和她們打招呼。「幾位嬸子好呀。」眼睛則緊緊盯在許氏和周氏二人臉上。

那二人見到薛婉，互相對視一眼，眼神有點飄，回她道：「喲，這不是婉丫頭嗎？來小貨棧買東西嗎？」

薛婉懶得與她們扯些有的沒的，直接問道：「瑩兒姐姐的事，兩位嬸子是自己親眼瞧見的嗎？」

她們面前坐的幾位吃瓜圍觀的村婦聽薛婉如此一問，也好奇地將目光移到許氏和周氏臉上。

許氏眉頭一皺，聲音中洩了一點底氣。「那倒沒有。是姚家的春蘭丫頭說的。

她把咱們叫進竹林裡，還想讓咱們去救瑩姐兒呢。」

薛婉心想，該不會是這兩位故意等在竹林邊，才被姚春蘭喊過去的吧？遂笑咪咪地再問：「然後呢，兩位看見誰了？哪家的陌生男娃與瑩兒姐姐在一起？」

「呃……陌生男娃倒是沒瞧見，只瞧見妳家的敬哥兒在瑩姐兒身邊。」許氏有些遲疑道。她不敢胡說，因為除了她和周氏在，還有另外三個村人也在。若胡說八道，肯定會被人拆穿。

此時一旁的周氏好像有點猜出薛婉的問話究竟是什麼意思了。遂把臉一沈，輕輕扯了一下許氏。「婉丫頭，妳問這話是何意？莫非是想替瑩姐兒捂著撒謊不成？」

「我沒什麼意思。咱們明人不說暗話！」薛婉將兩手一扠腰，決定不委婉了，正面來比較能犀利地面對質疑。「兩位嬸子既然沒有親眼看見，那怎麼能說得出那陌生男娃對瑩兒姐姐又摟又抱？說得如此繪聲繪色，好像兩位親眼見到了似的？」

許氏脾氣比較急躁，聽薛婉這半大丫頭與自己這般說話，心裡很不痛快，遂擼了擼袖子，提著嗓門道：「又不是我們胡編的。是姚春蘭那小丫頭親眼見到，告訴我們的。」

薛婉一臉質疑的表情。「姚春蘭？我記得沒錯的話，她才八歲。哪個八歲的小丫頭能說得清這種事？還說得如此詳細露骨？妳家的丫頭能嗎？敢嗎？」

許氏一噎，一時半會兒還真不知如何接這話。姚春蘭當時只說有人硬抱著陶瑩不讓走，但可沒說是又摟又抱又摸。

一旁的周氏咬著嘴唇，彷彿見到陌生人一樣地盯著薛婉看。以前都道薛二郎家的丫頭悶，誰能想到她居然是如此牙尖嘴利。

圍觀的三、四個村婦聽薛婉這麼一分析，也不由湊在一起犯嘀咕。

是啊……哪個八歲小女娃能將話說得這般露骨？就算想說，心裡頭難道不會想想大人往日的教導？村子裡的小女娃，一旦稍微懂點事，到了六、七歲時，家裡大人就會開始告誡女娃們該如何如何了。即使姚春蘭才八歲，可該有的常識應該也有了。

薛婉見許周二人一時接不上話，再追加一擊。「當時被姚春蘭喊去的可不只二位嬸子，還有旁的幾位嬸子和姐姐在呢。我倒要問問她們，她們是不是都聽見姚春蘭親口這般說的？」

許氏憋了一會兒，不甘心，再次將聲音提高八度，尖聲道：「反正是有人的確看見了。這事我們絕沒亂說！」

薛婉呵呵笑了兩聲。「所以姚春蘭到底有沒有如此說，兩位嬸子也不確定，對吧？」

「確定！怎、怎麼不確定？」周氏還想嘴硬。

「真的嗎？真的確定嗎？可我怎麼昨日遇見姚春蘭，她說那些都是她瞎嚷嚷的呢？說根本就沒有這事。兩位嬸子要我把她找來當面對質嗎？」

圍觀的婦人們，對此事的質疑議論聲，隨著薛婉一步步緊逼的盤問，也越來越大了。

「對啊。找來對質一下就好了嘛！」

「還有當時旁的幾位嬸子和姑娘，也可以一併問問。」

「是啊。這事不是小事，亂說總歸不好呀。」

許氏氣得臉一陣紅一陣白，抖著手指著薛婉。「妳這麼說，就是說我們在瞎說。妳、妳妳妳有本事妳就找啊！」

薛婉倏地大聲道：「妳們就是在瞎說！煩勞各位旁邊的嬸子們都聽聽我說的話，大家都來幫著評評理。」

說著，目光一一掃過旁邊的幾個村婦。

「第一，許嬸子和周嬸子二人並非親眼看見，也不是親耳聽見。第二，陌生的男娃根本就不存在。第三，姚春蘭也矢口否認前日她瞧見的事。此三點，足以說明兩位嬸子口說無憑！既沒人證、更沒物證，妳們就是在製造流言！想毀掉瑩兒姐姐的清譽！」

周圍望著她們的村婦的眼神，也從一開始的事不關己，慢慢變成質疑和指責。畢竟女娃清譽如此大事，村子裡的婦人即使嘴碎，通常是不會亂說的。若真有此事，有些作風不太正的人家也會跟著一起說說風涼話，看看熱鬧。可如果還是無中生有，口說無憑的故意敗壞女娃名聲，那性質就變了。散播瞎說胡編的流言，是會遭人嫌的。

陶瑩在人群後方，將兩方爭論的言辭聽得一清二楚，默默地將兩手越握越緊。心裡暗暗佩服薛婉的冷靜分析，她之前的確也懷疑過此事，但到底不願將人心想得太壞，也根本想不到那麼多的細節。論起抓疑點，與人直接對質的魄力，以及頭腦清晰的程度，她自認與薛婉差了一大截。

第三十章

許氏見薛婉說得頭頭是道，周圍的婦人們也變得不相信自己了，自己若要講事實、講理，根本就說不過薛婉，一時惱羞成怒，竟想動手去拉薛婉。「妳這丫頭家的，為何敢如此凶長輩？」

薛婉嘆口氣。這位大娘是說不過就要動手的架勢啊！果然不能把與長舌村婦講理想得太美好。於是她低頭扶額，無奈大聲喚道：「大黑！」

「汪汪汪汪！」大黑立刻像個勇士一樣飛撲過來，風一般衝到許氏面前，齜牙咧嘴的對她一陣凶狠狂吠。

許氏冷不防的被這隻突然衝出來的大黑狗驚了一跳，嚇得往後連退好幾步，哪裡還顧得上逞凶撒潑，只得驚慌失措地對著大黑一邊揮袖子。「去，去、去……別、別過來！別、別咬我！」一邊放軟口氣虛聲對薛婉說道：「婉、婉丫頭，咱、說事就說事，妳、妳快讓大黑走遠點。」

明明是妳先動手的！

薛婉心裡鄙視，嘴上卻柔聲安撫大黑。「大黑～～來，到我身邊來，你可別和她們一般見識。」

周圍幾個圍著看熱鬧的村人忽然感到一陣牙疼，無語地望向這矮小的少女。心裡都嘀咕薛婉這小姑娘的嘴可真夠陰的。說讓狗不和人一般見識，那不是拐著彎罵許氏和周氏連狗都不如嗎？

周氏暗暗磨牙，氣得都快內傷了，道：「婉丫頭，這事與妳有關嗎？妳為何要如此護著瑩姐兒？或者，妳不是在護瑩姐兒，而是在護那個陌生男娃？」

薛婉忍不住翻了個白眼。心想這位的手段的確比許氏強點，嘴上立刻反駁。

「周嬸子，這事又與妳有啥關係嗎？要說我是管閒事的，我好歹能往自己頭上套個義字——是朋友之義、是同鄉鄰里之義。多少總算好心吧？可妳呢？妳為何對瑩兒姐姐不依不饒？甚至要連幫她打抱不平的我，都想牽扯進去一塊潑髒水？這心可真夠黑的呀！」

說著，薛婉停頓片刻，看看周圍人不贊同周氏的臉色，冷冷一笑，看向周氏又道：「毀了瑩兒姐姐的清譽對妳有何好處？或者說，妳毀了瑩兒姐姐清譽，能得到什麼好處？俗話說吃人手短，拿人嘴短。妳如此賣力詆毀瑩兒姐姐清譽，該不會是收了誰家的銀子吧？讓我想想，之前是誰看瑩兒姐姐和文松哥訂親，氣得好幾日不出屋子的？」

周氏登時臉色一僵，咬著嘴唇說不出話了。

周圍幾個村婦被薛婉這麼一提，心想：對啊！這周氏往日也不是嘴碎的人。這回怎麼就咬著瑩丫頭不放啊？又想起她與牡丹家住得甚近，那看她的眼神就質疑得更厲害了。

「周妹子，瑩姐兒家得罪妳了？」

「許妹子、周妹子，話還是得謹慎些啊。畢竟關乎瑩姐兒的名聲呢。」

「周大姐，消消氣。薛婉這丫頭還小呢，妳別和她一般見識。不過她凶是凶了點，說得也不算過分啊。」

薛婉見差不多了，圍觀的群眾們基本上也知道重點在哪裡了。自己若再和那許氏、周氏說下去，多半就要進入「她有她有她就有」和「她沒有她沒有她就沒有」的無意義循環打嘴炮階段，於是決定給予最後一擊。

薛婉站在原地，扠著小腰環視周圍一圈，最後將筆直坦蕩的視線定在許氏和周氏身上，道：「若二位嫂子今後還敢再亂說詆毀瑩兒姐姐，那咱們也不怕事。我們就把里正、陶家、姚家的幾位都請過來聚到一起對質。按照村子裡的規矩，口說無憑而長舌毀人清譽者，要罰不得參與春、秋祭各一次，且要跪三日宗族祠堂！」

許氏與周氏臉上一僵，像是看魔鬼一樣的看著薛婉。她們曾預料過，此事會有人跳出來鳴不平。但怎麼也沒想到會是薛婉這半大姑娘。而且，也沒想到她敢把事情搞那麼大。

怎、怎麼不是在吵架嗎？為何變成要在里正和眾人面前公然對質了？還要動上村規了？這下事情似乎搞得太嚴重了……二人心中本就有鬼，見事態已超出自己預計，登時有些孬了。

薛婉乘勝追擊。「到時可別怪我沒提醒二位嬸子。若被罰不能參與春祭、秋祭，丟人的可不只有二位，而是妳們的家人都跟著一起丟人。我記得……兩位嬸子還都有待嫁的閨女和待娶的小子吧？若是出了這麼丟人的事，還是因為二位搬弄口舌是非引起的，他們以後若要說親，誰還敢來呢？二位嬸子可要好好想清楚了。千萬不要因為那無關緊要的旁人，而誤了自家子女的姻緣啊。」

見許周二人的臉色已是青白交加，薛婉緊接著道：「瑩兒姐姐我已經帶過來了。吶，就在妳們後面呢。」

陶瑩慢慢地從另一棵杏樹下走出來，眼睛淚汪汪的，委屈哀怨地望著許周二人，輕輕喚了聲。「許大娘，周大娘。」

許周二人完全沒想到被她們可勁潑髒水的事主竟然就在自己身後，乍一看見她，兩人臉上不約而同的顯出心虛尷尬的神色。

「接下來，只要再去找李大叔、陶大叔和姚春蘭了。」說到此，薛婉像想起什麼似的，一拍手，說：「對了，還得將二位嬸子的族長請過來。畢竟要對質嘛，就得有個本家的見證人不是？人齊了，咱們也好按照規矩辦事。免得以後又閒言碎語的扯不清楚。」薛婉緊接著抬頭問了一圈周圍的幾個大娘。「唉？麻煩哪位嬸子去幫忙找里正還有陶大叔啊？」

許氏和周氏不禁瑟縮了一下，訕訕地說：「啊？我、我們沒說要對質啊。別、別喊人啊！」

「可是不對質，事情就總說不清啊。那對瑩兒姐姐的聲譽多不好呀！」說著，又轉頭問陶瑩。「瑩兒姐姐，妳說是不是呀？妳要對質嗎？」

陶瑩紅著眼睛，堅定地點點頭。「要的，我要對質。希望能還我一個公道。」

薛婉鼓勵似的望她一眼，扭頭再問許氏和周氏。「吶。瑩兒姐姐都願意對質了。二位嬸子怎麼說呢？」

許氏和周氏兩人漸漸靠在一起，灰溜溜的對薛婉道：「唉……哪、哪有這麼嚴重？咱們倆也就是一時嘴閒，又、又沒弄清楚才隨意說了兩句。若是有得罪瑩姐兒的地方，瑩姐兒妳千萬別介意啊。」

幾位在場的大娘、嬸子登時唏嘘譁然，剛才還說得跟真的似的，這回怎麼見到正主兒出來講要說清楚，就反口了呢？

「此事嬸子們都聽得清清楚楚，若是再有人聽到二位說瑩兒姐姐的閒話，就別怪到時我們做得太過分了！」薛婉給眾位大娘微微行了一禮，拉著陶瑩挺直腰背，坦蕩蕩地走出眾人視線。

圍觀的村人對此一幕皆是面面相覷。但薛婉一個半大女娃，今日之事也實在處理得極為囂張惹眼。至此，她在村裡的凶名便漸漸傳開了。

看著漸行漸遠的矮小少女身影，柱子媳婦卻默默感嘆：唉……這怎麼就不是我家的兒媳婦呢？可惜了。

薛婉幫陶瑩狠狠出了一口惡氣，兩人在河邊坐著休息了一會兒。薛婉還沒從剛才的事抽離，反而陶瑩已經放開來，轉而對薛婉提的新吃食更上心，主動拖著她去了張屠戶家裡，買了一根豬大骨，還按照薛婉說的，買了兩斤豬羊雜。

薛婉甚至驚訝於陶瑩的心理承受能力，遠比她預料的要好得多。她原以為這事，陶瑩怎麼也需要緩個好幾日才能放下來呢。畢竟誰聽到別人說了自己那麼多難聽話，心裡總得堵個一陣子。可陶瑩卻表示，要今日就開工和薛婉做好吃的。

「妳、妳要不今日先回家歇歇？那麼些難聽話，再加上……妳、妳已想好要退親……」薛婉擔心她為流言造成的傷害而強裝開懷，實際上卻在苦忍，仍不太放心。

陶瑩搖了搖頭，垂下濃密的長長眼睫，輕聲道：「哪有工夫歇啊？咱家這種條件，根本就沒多餘的時間給我浪費。再說，有事情忙，我反倒不容易亂想。真歇下了，我才會揪心呢。」

「可妳心裡難過，怎麼辦呢？」

陶瑩咬著嫣紅的唇瓣，揉了揉發紅的眼睛。「怎麼辦？難過就忍著唄！忍著忍著，時日長了，自然就會好的。」

薛婉在心裡給她鼓掌。雖然她的瑩兒姐姐看著嬌弱，但內心也是很強韌啊！不枉費自己為她與許氏和周氏幹上一場。

於是薛婉將自己接下來打算要做什麼吃的，給她大概說了一下。

陶瑩一邊聽，一邊用心記下，還認真花心思琢磨該如何按照薛婉說的步驟，把每個細節做到最好。

村子裡的人都知道豬骨是好東西，有些人家即使不常吃得上葷腥，也會隔個半個月到一個月就買點回去，熬湯餵給家中的小娃娃們喝。畢竟骨頭雖然貴，但是一熬就能熬一大鍋，家裡誰都能喝上。家中若是丁口不太多，一大鍋湯還能連續喝好幾日，可比吃肉划算多了。

而豬雜和羊雜處理起來十分麻煩，弄不好總有股怪味，村裡愛吃的人不多。因此賣得很便宜，每斤才八文錢。薛婉挑了一點切碎的豬肝、豬心、豬肚和羊肝、羊肺，腸子之類因為處理太過麻煩，則沒要。

一根豬大骨便花去了二十五文錢。豬雜和羊雜兩斤加起來十六文。若是只用來熬一鍋湯，那成本可就偏高了。幸虧，薛婉想出來的這個東西，可不僅僅是用來熬湯的。

兩人在陶家，連帶彩兒一塊，三人洗洗切切燉燉地弄了近兩個時辰。

薛婉看著做起吃食來，猶如神技加身的陶瑩，深刻的感覺到自己在廚藝方面就是個只會說、不會做的廢柴。又忍不住在心裡感嘆，每個人都有自己的天賦，誰都沒必要羨慕誰。

不知不覺，到了午時。

李氏進門時，原想著陶瑩應該把飯菜都做好了，她正好能端走給陶三福送去。結果還沒進屋，在院裡就聞到一股極為勾人的古怪鹹香，其中還夾雜著饞人的肉味。

李氏被那陣飄得滿院子都是的奇特香味引得有些迫不及待，快走兩步進了堂屋，往桌上瞧去，不見平日給陶三福送去當午飯的醃菜和粟米餑餑，而是一個正冒著熱氣的陶罐，還有兩張薄薄的乾烙餅，和一小盤被切得碎碎的、還泛著清新水氣的小蔥和嫩香菜。

「瑩兒，妳今日做了啥？豬雜湯，還是羊雜湯？」李氏好奇地靠過去，湊近那陶罐子聞了聞，一股極為濃郁的古怪鹹香味直直鑽入鼻端，湯汁則呈現罕見的薑黃色，惹得她情不自禁地嚥了下口水。「還有，這餅子妳怎麼烙得這麼薄？」

陶彩在一旁幫著陶瑩刷鍋，見李氏對那兩樣東西露出渴望的神情，歡喜道：「娘，是不是很香很想吃呀？」說著，嘻嘻笑起來。「姐姐給您在灶臺上也留了一份。您如果想吃，就先吃。桌上的，是給咱爹的。」

李氏嗔怪地瞪了一眼小閨女，又將注意力移到桌上的陶罐裡，問大閨女。「這究竟是啥？聞著怪香的。是不是……又是隔壁婉兒想出來的？」

陶瑩見李氏臉上露出笑容，輕輕點頭，柔聲道：「是婉兒想出來的。她說，這叫滷煮泡饃。天越冷，吃著越香。」

薛婉回家時，陳氏剛把給薛南的午飯準備好。因為是加餐，故而弄得比較簡單。兩個大粟米餑餑，一盤醃菜和一顆煮蛋。

薛南分到的田地靠得離薛家極近，因此薛南晌午都是回家來吃飯的。吃完順便打盹個半炷香的時間歇息，然後再去地裡接著幹活。

薛婉吃力地拎著一個大竹籃走進院子，陳氏瞧見後，連忙走過去幫著提。

「婉兒，妳這又在弄啥？」

「啊，好吃的唄！」薛婉用手背擦了把頭上的細汗，見陳氏一把拎起那個大竹籃，眼睛都不眨地將它輕鬆放到桌上，不由自嘆弗如。瞧了瞧自己尚顯纖瘦的細胳膊細腿，在心裡哀怨自己何時才能長得像她娘那樣高、那樣有力氣。

「娘，妳說陳家人都是晚長。真的沒騙我嗎？我都十五了，還喝了幾個月的羊乳，也沒見長個子呀？」薛婉跟在陳氏旁邊，與她一起進了堂屋，見自己只到她鼻子那兒，忍不住出聲問道。

「怎麼沒長高？娘瞧妳倒是高了些。妳自個兒不覺得罷了。以前妳只到娘的上唇這邊，眼下不都到娘鼻子這兒高了嗎？」陳氏仔細地將竹籃裡有些燙手的大陶鍋抱出來，又去拿旁邊擱的一疊薄烙餅。

「真的啊？那等會兒我得量量。」

「這陶鍋真沉。婉兒這又是和隔壁瑩姐兒在弄啥？」掀開鍋蓋，陳氏手上一頓，無意識地抽了兩下鼻子，笑嘆道：「好香啊！娘聞得都快流口水了。」

薛婉一邊洗手，一邊笑著說：「我做的這叫滷煮泡饃，天氣冷時吃著可舒服呢。等會兒等爹回來了，讓他先嚐嚐，娘也嚐嚐。等敬哥兒下學回來，給他也吃吃看。」

正說著，院子外傳來車轆轆著地面的沈重聲音。原來是薛南回來了。站在院門口伸長脖子吆喝道：「婉兒娘，婉兒，快來幫忙。」

陳氏和薛婉趕忙丟下手上的事，一起跑出堂屋。只見薛南拖著板車，肩上被粗麻繩勒得出現兩條深紅的印子，而薛東和薛春生兩人正在幫忙抱車上剛收割下來的麥子。

第三十一章

早上薛南剛到田邊，薛東和薛春生便趕過來幫忙。

原來老宅的莊稼都已經在昨日收完，薛老頭今日起來，見天上的雲層不太對勁，怕這兩日會下雨，便叮囑薛東讓他趕來幫二弟一起搶收莊稼。

不然臨到收割前讓莊稼淋了雨，那這一年的收成怕是就打水漂了。

薛春生一聽，也知道事情的嚴重性，便跟著他爹一起來了。

三個壯丁收六畝地的莊稼，動作快些，兩日左右便可收完。

陳氏原想著下晌叫上薛婉一塊兒去田裡幫忙，眼下有大伯和大姪子幫忙，倒是不用她下田了。

遂一邊幫忙抱麥子，一邊笑著對兩人說：「正好。大哥和春生也在。婉兒弄了點新吃食。你們下晌還得下地，要耗費力氣，就留下一起吃個午飯吧。」

都是一家人，薛東和薛春生也沒客氣，欣然留下了。

薛婉進屋給大汗淋漓的三人一人倒了一大碗溫涼開水，又去櫥櫃裡取出四個大碗，給幾人分飯，笑著對幾人道：「爹、大伯、春生哥，你們趕緊喝完水去淨手。

我給你們弄好吃的咧！娘也別忙了，一起來吃。」

薛東和薛春生忙了一上午，聞到從堂屋飄出來的淡淡肉香味，頓時樂了。

「好啊！那咱今兒就沾沾婉兒的光。」

薛春生聽了，臉上也露出笑容。「正好，我也餓了。那就謝謝妹子了。」

薛婉見自己大堂哥換上一身農家漢子的短褐，不見半點書生氣，但瞧著仍是帥帥的，陽光又健康，便對他笑了笑。「客氣啥。」

四人將收下來的莊稼堆在院角，又去打水洗手。

薛婉去院前開出的小菜地裡拔了些小蔥和香菜，洗了洗，切碎裝盤端到三人面前，將陳氏也扶到桌旁坐下，讓她也吃。

陳氏忙問薛婉自己吃沒吃，有給敬哥兒留下一份沒有。薛婉笑說在陶家已經吃過了，也給敬哥兒留著呢。陳氏才安心坐下。

幾人坐下後，都對著面前黃澄澄、飄著濃香的豬羊雜熱湯很有興趣，眼睛眨也不眨地盯著瞧。

「嘿！這湯裡還有豬下水和羊雜咧。不過單是這些東西，為何會有股醇味？聞起來像骨頭湯似的。」薛東用木勺翻了翻湯底，還真從幾塊豬肚、羊肺下面翻出一小塊砸碎的骨頭。「原來真是用骨頭熬的湯底。」

薛南聞著那香氣四溢的肉湯味，又看看一旁放著的薄烙餅和嫩綠的蔥末還有香菜，忍不住嚥了口口水，指著問：「閨女。這是配著湯吃的餅子？是不是太薄了點啊？」

薛婉笑嘻嘻地伸手，一邊拿起陳氏面前的一張餅子，一邊給他們做示範。「吃的時候，將這餅子撕碎，然後丟進湯裡泡著。再把小蔥和香菜倒進去，用筷子稍微拌兩下就能吃了。爹、大伯和春生哥若是覺得餅子不夠，竹筐裡還有呢。等會兒我再給你們添上。一定夠！」

幾人是第一次見到啃個餅子喝碗湯還這麼有講究的吃法，都笑薛婉精怪。

等第一口泡餅下肚，陳氏眼睛不由一亮，再悄眼看自家男人、大哥和大姪子，只見那三人已經快把頭埋到碗裡去了。吃得唏哩呼嚕的，十分起勁。

薛南一邊吃，還一邊哈著熱氣感嘆。「忙了一上午，吃這麼一碗香噴噴的骨雜湯泡餅，這肚子裡可真是熨帖啊。」

薛東也是吃得停不下來，一口接一口拿著勺子往嘴裡送餅子和湯。「別說。這麼做真是好味，又香又醇的。」

薛春生相比薛南和薛東，吃相稍微文雅點，停下來讚了薛婉一句。「婉兒妹妹好手藝。以前在老宅怎不這麼做啊？」

薛婉捂嘴笑自己親爹和大伯的吃相，又對薛春生道：「我也是昨天才瞎琢磨出來的。老宅時，奶奶管錢管得可緊呢，才捨不得讓我買這些來如此折騰。」說著，停了一下，又道：「這湯和餅子嘛。可不是我做的，是瑩兒姐姐做的。這是她的手藝，我可比不上。」

薛東恍然，喝下最後一口熱湯，點點頭。「還別提瑩姐兒的手藝。以前去三福家幫著修房子的時候，我就嚐過。那丫頭做菜真是香，比妳奶奶做的都香。」

薛春生正在嚼餅子，聽到自己爹如此說，不知想到什麼，眼神一暗，嘴也不動了。

陳氏和薛婉都敏銳地發現他的異常，不約而同地抬頭望向他。

薛南捧著肚子打了個嗝，大大咧咧地說：「說起她來。唉……女娃兒長得太漂亮，也是有點麻煩。瑩姐兒這幾日可遇見大事咯。」大概他是想起昨晚陳氏和他說的陶瑩的事了，眼下填飽肚子，便有心思聊些別的。

薛東咳了一下，責怪地瞪一眼自己粗心的二弟。

「瞎說什麼。女娃漂亮難道還漂亮出錯來了？關鍵還必須是人品和爹娘教養。我瞅著瑩姐兒就很不錯。這幾日的閒言啊，肯定都是村子裡那些眼紅見不得別人好，瞎說呢。」說罷，拍了拍愣神的薛春生。「快吃。吃完抓緊歇息一會兒，下晌還有得忙。」

薛春生點頭，悶聲道：「好。」

薛婉看看自己大伯那了然一切的眼神，又看看心事重重的大堂哥，滿是疑惑。

嗯？這是什麼情況啊？

下晌薛敬下學回來，薛婉也為他弄了一份滷煮泡饃。

薛敬一問得知是自己姐姐和隔壁陶瑩做的新吃食，直讚好吃，還問薛婉。「姐姐，這滷煮泡饃做得這麼好吃，妳是打算以後去縣裡擺小吃攤來賣嗎？」

「呀！」薛婉一拍腦袋，連聲說自己糊塗。「我之前原想著做好了可以賣錢。但這幾日腦子裡全是瑩兒姐姐的事，到底要如何賣我竟然沒仔細想！眼下她的事情解決了，我還真得好好想想安排該如何賣這吃食的事了。」

薛敬筷子一頓，抬起像小扇子一樣的眼睫，望著薛婉詢問。「事情解決了？」

薛婉轉頭看了眼院子裡，這才壓低聲音對薛敬說：「瑩兒姐姐說，出了這種事，未來夫家心裡肯定不痛快。今日我和瑩兒姐姐遇見宋大娘，不小心聽見她和她弟媳說起這事，看樣子她的確有些在意瑩兒姐姐讓人給碰了這件事呢。聽說文松哥更是為此事氣得連學都沒去上。這事啊，就像根拔不出的毒刺。若是夫家人介意，心裡頭放不下，以後一定會一直介意下去的，所以瑩兒姐姐想通了，她要退親。」

薛敬的手一顫，右手中的勺子灑出了一點湯汁。女子退親，今後若想嫁得好，幾乎是不可能了，只能……往低了嫁。

薛婉兩手撐在下巴上，非常無奈地感嘆道：「唉。敬哥兒，我真羨慕你是男娃。這世道，做女娃真難。」

薛敬的眸光一點點地黯淡下去，垂下眼瞼，默然吃飯。

薛婉似是想起什麼，用力敲了一下桌子。「哼！瑩兒姐姐退親，到底還是如了那幾個小人的意了！」

她自顧自地說話，沒瞧見薛敬眸中一閃而逝的陰鬱。

「哎，你知道嗎？今日大伯和春生哥也來幫咱家收莊稼，他們聽說瑩兒姐姐的事，都覺得瑩兒姐姐可憐，完全就沒嫌棄她看笑話的意思。我覺得大伯和春生哥，人都挺正直的，事情也能看得明白。尤其是春生哥，我瞧他那樣，很是替瑩兒姐姐抱不平呢。你說，他會不會……」

薛敬有些頭疼地看著自己的姐姐。「姐姐，這事最好別提了。我聽說最近大伯娘正打算給大堂哥訂親了呢。」

「啊？真的嗎？」薛婉剛知道自己說錯話了，趕緊捂著嘴。「好，我下次再也不提了。」

自從和老宅分開過以後，她就很少去關心老宅的那一干人等。不像薛敬，每日早上還要去趟老宅，和薛春生、薛夏生一同走到村頭搭牛車去縣裡上學，消息自然不如薛敬來得靈通。

薛敬的性格比較清冷，話也不多，除非有要緊事，否則他很少會多嘴說這些事。今日她若不是把陶瑩和薛春生放在一塊提起講了些不妥的話，薛敬說不定還不會主動告訴她這些八卦消息呢。

薛婉兀自驚訝著弟弟難得的多言。薛敬卻放下碗筷，眼神幽幽地望著院子外那條通往老宅的小路，若有所思。

過了酉時，明月如一個淺金色的圓盤，掛在秋日寂寥的夜空中。

忙碌了一整日的薛南和陳氏都早早睡下，薛敬卻仍在院子裡轉悠。

薛婉出來倒洗腳水，見他正抬首往院後那條小溪張望，於是也無聲的朝那邊望了幾眼。看了一小會兒，忽然心裡一動，似是憶起什麼，掀起嘴角笑了。

沒瞧見溪邊有陶瑩的身影，薛敬悄悄鬆了口氣。一轉身，發現自己姐姐正笑咪咪地盯著自己。

薛敬臉一紅，抿了抿薄唇。「姐姐，時辰不早。該歇息了。」

薛婉走到薛敬身邊，微微彎下腰，伸手將他細瘦的身體摟進懷裡。

「姐姐？」薛敬弄不懂薛婉為何突然如此親近，僵著小身板不敢動。

薛婉摟著他，輕輕拍了幾下他的背。鬆開他，望著他在月色映照下清透明亮的漂亮眼瞳，說：「好弟弟。你真好。姐姐有你這個弟弟，真開心。」

薛婉剛穿過來那陣子，只要薛敬在家，她無論去哪兒他都總跟著她，像個小尾巴似的。那時薛婉還在心底吐槽怎麼這弟弟都這麼大了還如此黏人。照道理說，這個年紀的女娃黏人沒啥，可男娃這麼黏著自己姐姐的，的確不多。

直到今日她瞧見薛敬望向小溪邊那有些擔憂的神態，再結合昨日他怕陶瑩跳溪而追到小溪邊的事一想，才發現以前那段時間，他並非是真的黏她，而是擔心自己姐姐輕生想不開，再一次去跳河。

他擔心她，嘴巴卻不說，而是付諸實際行動，時時刻刻對她採取緊迫盯人的策略。薛婉忽然意識到，自己這個靦腆的弟弟，應該是那種「少說多做」的人。現在他年紀尚幼，長得又清秀，所以表面看上去有些羞澀怯懦，但內在卻是個很有想法的小男子漢呢！

「姐姐為何忽然說這些？」薛敬被薛婉盯得有些不自在。

薛婉寵溺地拍拍他的腦袋。「你這兩日晚上都不太寫字了，總在院裡轉悠，是不是擔心瑩兒姐姐想不開，自尋短見？」

薛敬一愣，繼而點點頭。「嗯，我怕她像以前姐姐那般……」

「放心吧，不會的。」薛婉笑嘻嘻地捏了一下他柔嫩的臉頰。「你別看瑩兒姐姐平日溫婉柔和，其實啊，她的內心很強大的，比我還強多了。可能是從小一直在他們陶家老宅受欺負吧，我聽說她奶奶還時常打她呢，過得可比我們兩個慘多了。所以反而養成了她很堅韌的性子。」

薛敬不可思議地歪著頭，聽薛婉將陶瑩今日說過的話又說一遍。心中不自覺的泛起一陣朦朧奇異的感覺，對陶瑩更生出幾分敬佩和好奇來。

原來那樣美好又溫柔的女子，竟也可以如此堅強。難怪……自己的姐姐能與她說到一起去，成為好朋友呢。

隔日，薛南、陳氏和薛東、薛春生要繼續去田裡搶收莊稼。陶三福幫工的那家的活計結束了。大清早的也過來，說要幫薛南一起收麥子。

薛婉被院子裡幾個大人的說話聲吵醒，迷迷糊糊揉著眼睛起床。才發現陳氏又沒喊她起床，多半是心疼她，想讓她再多睡一會兒。薛婉輕輕敲了敲自己的腦袋，埋怨自己沒出息，沒鬧鐘就醒不過來。都來這裡這麼段時日了，還是如此貪睡。

再一望對面薛敬的床鋪，忽然發現那床鋪疊得整整齊齊，薛敬的人早就不知跑哪兒去了。

薛婉快手快腳穿好衣服，理了兩下頭髮，出堂屋與長輩們打招呼。而後去北側的茅房想解決個人問題。結果還沒進茅房，倏地瞥見茅房外不遠處那幾棵桂樹下，像是有什麼人在交談。

天光還未大亮，四周都處在朝陽還未升起的模糊幽藍裡，薛婉悄聲蹲下來，看清好像是薛敬正抬頭和另一名高個子年輕男子在說話。

薛婉尿急，心想薛敬偶爾的確會和村子裡比他大一些的男娃玩玩彈弓，這也沒啥特別的。於是沒太在意，跑進茅房解決個人問題去了。

回院子前時，經過草棚，發現陳氏正在草棚裡東瞧西看。

「娘，妳看啥呢？」薛婉好奇問道。

「奇怪，方才我來拿鐮刀時，發現家裡的鐮子不見了。結果用了早飯過來再瞧，鐮子又出現了。」

「說不定是爹早起拿去用了唄。現在鐮子回來了，就好啦。」

「婉兒娘，幹啥呢？走了啊！」薛南在院門邊朝陳氏喊道。

「哎！就來了。」陳氏也顧不得再想，趕忙跟著幾人一起下田收麥子去了。

薛婉站在院裡送走幾人，才發現薛春生從院子北側那條小土道上跑過來。薛婉這才意識到，原來剛才和薛敬說話的人是他。

薛婉抬手捂嘴打了個哈欠，進堂屋打水洗臉，更不把此事放心上了。

第三十二章

秋收農忙時，村子裡的家家戶戶都不得閒。大人們忙著收割、晾曬和打麥子。家裡的孩子們也跟著一起忙。人手不夠時，有些才九、十歲大的娃兒，也得跟著一起下田。

人手充裕一些的，小孩子們則會去麥場那邊幫忙掃場裡的浮土，抱著收下送來的麥子一起攤鋪。

有些年紀再小一點的，則會跟在年紀大些的兄姐身後，幫著拾掉在路上的零散麥穗子。

薛南家的麥子較晚收，因此不需要單獨搭打麥場裡的草棚子。薛老頭讓他直接用之前老宅搭好的就行，只需要在打麥子之前稍微收整一下便好。

薛敬在書塾裡請了兩天農忙假，這兩日便留在家中幫忙，做些力所能及的事。

薛婉與他用過早飯以後，就先去了麥場。看了看老宅草棚的情況，勉強還算乾淨。薛婉覺得之前爺爺和大伯一家用好後，肯定是稍微收整過一番的。因此姐弟兩個悶頭苦幹，只用一個多時辰便將草棚子整理出來了。

收拾完以後，薛婉和薛敬又趕回家給大人們做午飯。

薛婉穿越過來後，還是第一次經歷如此高強度的勞作。午飯剛端上桌，她就累得趴在桌上一動不動了。

若不是顧忌到家裡還有個弟弟，她真想很沒形象地嚎兩嗓子，抒發一下鬆懈下來的情緒。

趴了約莫半炷香時間，薛婉累得不知不覺的竟然睡著了。

當她迷迷糊糊地醒過來時，發現薛敬正小心翼翼地用木勺從大水缸裡舀水，倒入木盆子裡。看樣子是給即將回來的薛南和陳氏準備洗臉、淨手用的。

薛婉感嘆，自己白長那麼大，體力竟然比不上只有十歲的弟弟。別看敬哥兒長得纖瘦又秀氣，還真不愧是農村長大的男娃。幹起農活來，不比哪家男孩子差。

心裡正美滋滋地想著，薛南和陳氏兩人便回來了。

一進門，薛南嚷嚷著口渴，讓敬哥兒趕緊給倒碗水來喝。陳氏累得一頭汗，坐在院子裡直喘。

薛敬先給薛南和陳氏各倒了一大碗溫涼水，薛婉則把木盆子端到兩人面前，好給他們等會兒洗臉、洗手。

薛南灌下去一大碗水，感覺整個人都舒坦了。還有力氣和薛婉八卦，興沖沖地說：「嘿！閨女，妳知道不？今兒我和妳娘在田裡割麥子，聽老宅隔壁的楊家人說，牡丹今早出門洗衣裳時，把腿給摔折了。她娘急匆匆的去找大夫，還沒走幾步，也給摔了。」

薛婉驚訝道：「啊？怎麼突然娘倆都摔了？」薛婉對這家人就沒啥好印象，她們毀了陶瑩的親事，薛婉原本還在心裡怨懟怎麼老天不懲罰一下，誰想到這懲罰竟來得如此快。

薛南十分幸災樂禍，臉上的表情就沒繃著，翹著嘴角說：「也不知道哪家小子使壞，在牡丹常走的那條她家院後的小道上挖了兩個大坑，聽說坑上還鋪了一層草皮，生怕她摔不著呢！難怪她沒看出來。」

說到此處，抬了抬眉毛，抬手豎起兩根指頭比劃著，又樂呵呵道：「這不，不但摔著了。還一摔，把母女倆都給摔進去了。」

陳氏輕輕咳了一聲，埋怨地瞪了薛南一眼，要他收斂一下過於露骨的高興神態。

薛婉一聽，心想這可真是解氣，花了好大力氣才止住瘋狂上揚的嘴角。

看來，記恨牡丹害陶瑩的人，可不只她一個人。想必村子裡有點腦子又消息靈通的人，都知道前幾日那是怎麼回事了。

正思量著，餘光不經意地掃見默不作聲的薛敬。見他正垂著眼睫，往桌子上擺碗筷，神色間既無驚訝，也無喜意。薛婉竟看不出他此時在想些什麼。

他轉過身去的瞬間，薛婉瞧見他幽深的眼瞳中閃過幾分淡漠的冷光。

不對勁啊……弟弟安靜也罷了，他平日向來話不多。但是聽到這種事，怎麼可能會面無表情？好歹也該皺皺眉頭，或是臉露微笑才是吧？

薛婉不經意地一瞥，見他腳上穿的似乎不是早上她剛起床時看到的那雙鞋。薛婉更納悶了。怎麼，去麥場裡幹活，還要換鞋嗎？

尋思一會兒，憶起清晨她娘說的家裡的鏟子莫名消失過一陣子的事。

腦中靈光一閃，薛婉忽然想起天光未大亮時，他和薛春生躲在院子後面的僻靜處說話的模樣。於是連忙和爹娘找了個藉口，回了趟西屋。

在西屋牆角，她看見薛敬早上換下來的那雙半舊布鞋，鞋面上，有幾塊凝固的泥土痕跡。那一看就不是麥場裡的浮土，而是那種深埋地下的濕土乾了以後結的厚實的泥巴塊。

薛婉眼珠一轉，勾起嘴角，悄悄笑了。

小弟原來是個會使陰招的心機男娃呢。

在大伯、大堂哥和陶三福夫妻倆的幫忙下，薛婉家忙活了好幾日，總算是把秋收的工作大致給折騰完了。

薛婉見識過秋收的重勞力負擔，心想如果這裡有收割機就好了。試著問了爹娘，兩人都一臉震驚地反問她。「啥？還有收割機？咱們這裡可從沒聽說過有這種東西。那東西好用不？能省下大力氣不？」

薛婉一聽，便知道自己接下來該做什麼農具了。打算等到來年豐收之前，一定要想辦法做出來，儘量幫爹娘這般的農人們省些力氣，讓他們既能享受豐收的喜悅，又不要因豐收而過於辛勞。

忙完秋收之後，薛南和陳氏從入夜一直睡到翌日辰時中，起來後仍感覺渾身酸疼不已。

薛南決定這日在家多休息一天，明天再回鋪子裡上工。

薛婉見爹娘的臉色掩不住疲倦，就主動承擔下洗衣服的工作，順便把薛敬那雙弄髒的布鞋也一起拎到河邊洗了。

薛敬在灶間整理好柴火，回西屋想看書時，倏地發現自己那雙鞋子不見了，遂急急忙忙地跑到河邊。

薛婉正蹲著用手給他搓那雙布鞋，聽到身後細密的腳步聲，回頭一看，見薛敬一臉侷促地立在自己身後，大眼睛上的長睫毛顫啊顫，正緊張兮兮地望著她手上的鞋子呢。

「傻弟弟，緊張啥？你還信不過姐姐嗎？」薛婉笑他一句，回頭繼續洗鞋。

薛敬聽她如此說，就知道她已知曉牡丹家附近那兩個大坑是和自己脫不開關係的。遂用腳輕輕踢弄著泥地裡嵌著的一塊小石子，扭頭看了眼四周，才悶聲問：「姐姐既然都知曉了，不……不怪我嗎？此舉……並非君子所為。」

薛婉樂了，也掃了一眼周圍，見無其他人經過，才對他說：「那家人害瑩兒姐姐時，又君子到哪裡去了？十足小人！對付小人，就不能跟他們講君子之禮。凡事必有代價。既然敢做，就得承擔後果。得了教訓，他們才知收斂。許多壞蛋害人啊，那是因為痛不在自己身上。等他們痛了，便知道壞事是不能輕易做的。再想下手，就得掂量掂量了。」

薛敬聞言，半晌無話。只默默捏了捏拳頭，將薛婉方才說過的話一字不漏地銘記於心。

姐弟倆一起在河邊將洗好的衣物扭乾，從埠頭走上來，開開心心地順著村道往回走。

村尾河邊的埠頭離薛婉家不遠，走個半盞茶的工夫就能到家。站在埠頭那裡的村道上，便能清楚地望見自家的竹籬笆牆。

今日的天空鋪滿白雲，層層疊疊的，一眼望去，彷彿掛滿了大大小小的棉花糖。這些雲朵正好將豔陽遮去一些，蔚藍天空在這些猶如棉花糖的白雲之下若隱若現。

只見在這樣的柔和陽光下，有三人正往自家的小院子款款行去。

薛婉和薛敬不由得一愣，停住腳步，朝那三人仔細望去。

三人皆穿著平民常穿的衣裳。

從背影看，一側是上了年紀有些發福的婦人，手裡挽著一個大竹籃。那竹籃沈甸甸地掛在她腕子上，可見裡面裝了不少東西。

另一側看身形是稍矮一些的半大小子，身穿灰色短褐。

而行在中間的男子則尤為惹眼。他體形修長，身姿挺拔，頭上戴著儒巾，著一身月白色的細棉襴衫。瞧那不急不慢的儒雅步姿，像個風度翩然的寒門書生。

那三人行到薛婉家的院門外，便停了下來。由那婦人先走兩步，停在院子門口朝堂屋裡打招呼。「敢問這兒是薛二郎家嗎？」

薛婉覺得其中的那個書生和那半大小子的背影有幾分熟悉，但對那婦人她卻毫無印象。不由得與薛敬對視一眼，快走幾步趕上前去，揚聲朝那三人喚道：「請問幾位登門有何事？」

那三人一聽有人從背後詢問，便都轉過身來。薛婉、薛敬姐弟二人這才看清此三人相貌。

薛敬不認識幾人，只仰頭朝他們臉上細瞧。

薛婉卻大吃一驚，瞪圓了一對鳳眸，望著其中那俊秀清雅的書生，不可思議問道：「陸公子？」

「哎！是啊。幾位是……」陳氏幾乎與薛婉同時出聲。走到院門口，望著竹籬牆外的三位陌生人，又聽立於三人身後不遠處的薛婉喚道：「陸公子？」

陳氏心頭一顫，快速將那儒雅清俊的高個子書生打量一番，心想這位莫非就是木匠鋪子的少東家，縣尊大人的公子吧？

只見被女兒喚作「陸公子」的書生嘴角噙笑，星眸灼灼，先朝陳氏作揖行了一禮，謙和喚道：「薛二嬸，有禮。」又轉頭對薛婉款款道：「薛姑娘，有禮。」

薛婉微微張著嘴，猛眨幾下眼睛，驚訝過後才對他還了一禮，道：「陸公子，有禮了。」

原來真是縣尊大人的公子！他為何突然來訪？還著一身平民衣著？難道是當家的在木匠鋪子裡闖了什麼禍事不成？

幾個念頭閃過，陳氏不由得暗自心驚，與他回了禮，困惑道：「陸公子，有禮。不知今日來，所為何事？是不是婉兒她爹在鋪子裡做得不好……」

陸桓輕輕搖頭。

他身旁跟著的那名婦人此時走上前，對陳氏行了一個婦人禮，笑著客氣道：「薛太太，給您見禮了。敝姓方，是我家夫人當年的陪嫁丫鬟。您若不嫌棄，可喚我一聲方婆子。」

陳氏見她舉止大方，又微微彎著身子，似是透出對自己的恭敬。連忙擺手道：「不敢，不敢。」

方婆子又道：「今日我陪我家少爺來，並無要事。僅是知曉您家秋收事忙，必然操勞辛苦，特到府上拜會慰勞一番。」

一聽這婆子的身分特殊，再想起方才陸桓稱自己為「薛二嬸」，明顯是將自己當作長輩來稱呼。陳氏忽的福至心靈，想起之前當家的與自己秘訴之事，一顆提著的心這才落回心腔裡。

但礙於兩方身分有別，陳氏仍感侷促，客氣地對三人笑著招呼道：「您太客氣了。快，進屋來。都上堂屋裡坐吧。」

薛南此時從東屋裡出來，似是迷迷糊糊的剛睡醒，瞇縫著眼睛朝人聲傳來的院門口瞧。一瞧之下，顯然吃驚不小。登時精神百倍，揚起笑臉匆忙迎出堂屋來。

「哎喲喲！少東家怎麼到我家來了？快，快快請進。」

陸桓對他規規矩矩地作了一揖。「今日可不敢讓薛二叔如此稱呼我。晚輩冒昧前來叨擾，望您見諒。」說著，又看了看陳氏，道：「二叔、二嬸若不嫌棄，可喚晚輩子逸。」

陳氏有些為難地望了一眼薛南。薛南卻樂呵呵的，泰然招呼陸桓和另外二人道：「好好。快進來坐吧。都站在門口也不像樣啊。」

走了兩步，又轉頭對三人身後跟著的薛婉說：「婉兒，快去給三位客人煮水沏茶。」

薛婉撇撇嘴，心想自己這爹可真是心太大，家裡來了身分如此敏感的貴客，一點也不見他緊張，只顧著高興。說好的這裡的女娃要自重、要避嫌的呢？怎麼不讓她躲著，還盡趕著往客人面前湊啊？

薛敬擔憂地望著姐姐，小臉顯得嚴肅，眉頭蹙著，嘴抿著。輕聲對薛婉說：「姐姐，妳去晾衣服吧。我去煮水沏茶，端給客人們。」

薛婉拍拍他的肩，小聲笑著說：「還是敬哥兒乖。你去碗櫥裡拿上次我們自己曬的乾菊花來沏吧。別用爹從縣裡買的碎茶，那個咱們農家人自己喝還行，用來招待縣裡來的客人，會顯得怠慢。」

薛敬點點頭，跑進堂屋煮水去了。

薛婉望了一眼坐在堂屋裡笑得眼睛都快沒了的薛南，輕輕嘆了口氣。此時，坐在薛南旁邊的陸桓忽而轉頭望過來，視線與薛婉的對了個正著。

薛婉見他筆直地望向自己，一雙濯濯眼眸裡泛著溫柔，心裡不禁怦怦直跳。遂趕忙收回目光，快走幾步躲到院子東邊的竹竿架子前，深呼吸了幾口氣，悶頭晾起衣服來。

別、別瞎想啊……這種有錢有勢、一表人才的官家公子，絕不會是自己的良配。他不是自己能肖想得了的人。既然身分有別，還是多迴避點好，免得傳出什麼閒言碎語，對家裡人不好，對自己更不好。

自己可是要安穩過日子的！

薛婉在心裡嚴厲的給自己做思想教育，強迫自己靜下心來。

然而她想冷靜，旁人似乎不願給她這個機會。

第三十三章

只聽那與陸桓一起來的方婆子高聲對薛南笑道：「我家少爺昨天剛從京裡謝師趕回。本想著您忙完秋收，便能回鋪子裡。但又有些掛心您與您家的小姐。這不，明知會叨擾您，也非要來這走一趟。說是來登門看看也好，看看他就能安心，這便趕著今日過來了。還望沒擾了您家裡的農活。」

方婆子的聲音很大，生怕在院裡的薛婉聽不見似的。薛南一聽，樂得大笑幾聲，一連說他們想來便來，家裡的農活正好忙完，一點也沒影響。

薛婉拿著衣服的手停住，臉不爭氣的紅了。

薛婉止不住在心裡彆扭地埋怨那方婆子，說掛心薛南便罷了，好歹他爹是陸桓鋪子裡的夥計。雖然老闆和夥計身分懸殊，但勉強也算有關係。但是為何要說也掛心自己？這叫她如何能不亂想？

明知自己與他不相配，還要撩人，簡直過分！

薛婉輕輕拍了拍自己的臉，鄙視自己真是禁不起「誘惑」。

堂屋裡的方婆子與薛南繼續說客套話。說了一會兒，薛南久不見閨女進屋來，不由得吆喝道：「婉兒，若是晾完衣裳，就趕緊進來。」

薛婉本來猶豫要不要去隔壁陶家躲躲，但若真撇下客人，那就失了禮數。別無他法，她只得硬著頭皮進堂屋了。

薛敬將煮好的熱水舀到幾個放了乾菊花的粗瓷杯子裡，薛婉走到他旁邊來幫著端茶杯。

薛敬順勢瞥了一眼那白淨俊俏的陸公子，看見他正盯著自己姐姐瞧，心裡有些不痛快，遂不自覺地擰起眉頭。

薛婉將頭埋得極低，把杯子端到三位客人面前後，陪在陳氏身旁悶頭坐了片刻。感受到陸桓時不時移到自己臉上的目光，薛婉如坐針氈。

沒過兩盞茶的工夫，薛婉便藉口要去草棚子裡扒收下來的包穀皮，逃也似的出了堂屋。薛敬見姐姐出了屋子，輕輕鬆了口氣，安心代替她陪著爹娘和客人。

方婆子也是人精，見自家少爺掛心的姑娘擺明在躲他們，便對薛南使了個眼色。薛南正犯愁女兒怎麼這麼不識抬舉呢？瞧見方婆子給自己遞眼色，心中了然，對她微微點點頭。

陸桓見已得到薛南的默許，便款款起身，對薛南和陳氏略一行禮。

薛南咳嗽一聲，對他說：「啊。茅房在院子北邊。」

「晚輩稍後就來。」說罷，陸桓理了理襴衫前襬，不疾不徐地出了堂屋。

薛敬作勢起身要跟，薛南連忙對他道：「敬哥兒就莫去了，陸公子找得到地方。」

薛敬困惑地望向陳氏，見陳氏也對他點點頭，示意他別去打擾陸桓與薛婉說話，可她自己卻假意拿起桌上的木撐子，坐到堂屋門口繡起帕子上未完成的花樣子來。

薛敬還年幼，不明白爹娘怎麼會同意讓外男單獨與姐姐說話。可薛南和陳氏都清楚，今日方婆子陪同陸桓前來，絕對是意義非凡。

方婆子是陸桓母親的陪嫁丫鬟，那便是心腹。她在陸府內的地位絕對不一般。她今日能來，肯定是受了當家夫人的囑託。

像陸桓這樣的大戶人家，當家夫人的心腹陪著少爺來女方家裡拜會，這明擺著就是替自家夫人來相看兒媳婦的。亦可說明陸夫人對這門親事的認同和重視。由陸夫人信得過的掌事婆子與陸桓一道來，此舉等同於提親之前的探訪，與陸桓私下前來的意義完全不同。

也正因如此，陳氏見到了陸桓、或者說是陸家對薛婉的誠意，才會沒攔著陸桓與女兒交談。

薛婉拿了個小木凳，坐在堆在院角的一小堆包穀旁邊，準備扒幾個出來，晚上好煮來當主食吃。不想還沒剝完一個，陸桓居然就從堂屋門前邁步朝自己走過來。秋天舒爽的涼風揚起他一片衣角，更將他襯得玉樹臨風。

薛婉不禁一陣頭疼，心想我都躲著你了，也算是夠守這裡的禮數了。你一個正經八百的讀書人，怎麼還主動跑過來？爹娘又為何不攔著你？

垂下眼睫，薛婉對已立在自己身前的陸桓看都不看一眼，只淡淡道：「陸公子若是想去茅房，應該去那邊。你方向走反了。」

陸桓與她有將近兩月未見，之前最後一次在鋪子裡見時，她還會偶爾與自己說說話、笑一下。也不知今日是怎麼了，或者是許久沒見生疏了，薛婉竟對自己是這副不理不睬的生分模樣，心裡不自覺的就有些著急，出口的話便沒那麼委婉了。

「沒走反。我就是來與薛姑娘說幾句話。」

經歷過隔壁陶瑩事件的教訓，薛婉已學會夾緊尾巴好好偽裝成一個本土村姑。見陸桓居然如此明目張膽的對自己說出這些話，不由得在心裡苦笑。

她趕忙站起身來，也不躲了，只是背過身去，對身後緊盯自己的陸桓說：「是與鋪子裡的活計相關嗎？若不是，我與陸公子身分有別，沒事還是少說話為好。」

陸桓見薛婉對自己表現出如此明顯的冷淡和距離，頓時心中一痛，面上卻仍維持禮數，只柔聲耐心問道：「不知在下之前是否得罪過薛姑娘，引得薛姑娘不快？」

薛婉心裡其實對陸桓還是有些好感的，畢竟能在這時空遇見一個風度翩翩、又會讀書的高富帥公子哥，沒哪個姑娘會不喜歡。更何況這公子哥還對自己也有意思，那就更讓人難以招架了。

薛婉內心也是無奈又矛盾。

礙於兩人社會地位懸殊難有結果，於是她不得不告誡自己與他拉開距離，免得白受一場感情災，遂強裝淡漠，不願正對陸桓。

但她如今想通了。無論今後兩人會如何，此時她都應該對他好好說清楚。

「陸公子溫雅守禮，平日對我爹也是多加照顧，並未有任何得罪過我的地方。只是人言可畏，我不想惹來誤會和非議。屆時連累家人，也會累害公子與小女子的名聲受損。故而彼此還是避嫌少言才好。」

想了想，又對陸桓歉然說道：「之前我生辰時，陸公子送的禮物太過貴重。小女子承受不起，稍後會拿來還給陸公子。陸公子的美意，小女子心領便是。」

陸桓一聽，就知道薛婉沒看出今日方婆子陪同他來的含義。遂輕輕勾起嘴角，對薛婉坦然道：「我不會收回那份禮。今日之事亦不會惹來非議，因為並無誤會。陸某的確誠心求娶薛姑娘，故而才會請示過家中父母，登門拜訪。」

薛婉驟然轉過身來，驚訝之情非同小可，難以置信地望著眼前如玉如竹的公子哥，瞠目結舌道：「什麼？你……你是開玩笑的吧？」

怎麼會這樣？事情什麼時候突然發展成這個樣子了？她知道古代男女若是看對眼，會馬上提親、訂親，這種在現代來說被視為「閃婚」的情況是再正常不過。可是這事真輪到她自己身上，她還是覺得一時難以理解，更難以認同，那讓她極度缺乏安全感。

陸桓到底是什麼時候對自己有這般念頭的？

她不由得細思這個從未想過的問題。

陸桓對她慎重行了一禮，面色肅然道：「終身大事，豈敢戲言。陸某絕無半分玩笑之意。」

此時，一陣清涼的秋風捲過，院子外的銀杏樹葉被吹得沙沙作響；彷彿合著誰的心曲，正在動情吟唱。

薛婉抬手撥了撥被風撩亂的鬢邊碎髮，臉頰邊浮起的紅雲頃刻間蔓延到頸子上。

兩人對視片刻，薛婉生怕被他含情脈脈的明亮雙眸迷了神智，遂不自在地移開視線，輕聲問：「敢問陸公子，是何時起意的？」

陸桓臉紅了紅，而後坦然回道：「是薛姑娘將三腳樓車送到鋪子裡來的那日。」

薛婉忽而覺得此情此景像是幻覺。這簡直令人匪夷所思。

試想一下，如果放在她沒穿越以前的現代時空，自己在打工兼職的公司，某天突然被偶爾說過幾句話的大老闆給求婚了，那會是多麼令人震驚的事。儘管陸桓曾送禮釋出好意，但那也不過是一個禮呀！他們甚至連朋友都還不是呢。

薛婉的大腦一片空白，過了好一陣子，才緩過神來。突然意識到，原來之前她每次到鋪子裡，陸桓過不久就會出現，並非偶然巧合，而是他故意為之。

想明白這點後，接踵而來的，就是更多的疑惑。既然有疑問，那當然要問個清楚。

「陸公子，論家世，你也知道我與你的家世並不般配。再論容貌，我頂多算得上秀氣。請問您，究竟為何對我……」感覺越來越說不下去了，薛婉臉紅得幾乎滴血。

陸桓凝視眼前的少女，沈思片刻後，十分認真的說：「陸某極為傾慕薛姑娘的才情人品。至於薛姑娘的家世，陸某從未想過要倚靠妻家分毫。既然於此無所求，那不論蓬門抑或世家，與我又有何關係。至於容貌……」

說到此處，許是有些害羞，陸桓停了片刻。他垂下濃密眼睫，星眸半掩，換了一種非常委婉唯美的說法。「陸某只求今後能與妻情敦鶼鰈，同心同德，桂馥蘭馨。」

薛婉也不禁被他的話說得心動了。因為她聽懂了陸桓對她的嚮往和期許——那就是容貌是其次，他只看重妻子的人品性情。希望婚後能相敬如賓，趣味相投，那麼彼此之間的感情肯定也會越處越深。

這古代有才華的書生說起情話來，的確風雅又含蓄，很有水準。他沒直接說「妳」，而是將「妳」改成了「妻」，如此一換，便不會顯得唐突和輕慢。

此番話就算當著自己爹娘的面說，也絕無絲毫輕浮冒犯的意圖。他只用世間唯美的動物花草等來作比喻，透過文字展現出一副朦朧旖旎的畫卷，勾得人心裡甜如蜜。

陳氏靠在堂屋的門欄邊，聽得陸桓的說辭，欣慰地嘆了口氣。

方婆子喜得眉開眼笑，微微點頭。

薛南雖然沒怎麼聽懂，但也知道陸桓說的一定是極好的話，樂呵呵地望了望自己的媳婦。

好在薛婉並非沒見過什麼世面的無知小丫頭，頭頂「高富帥」標籤的陸公子這一番美言確實令她心動，但也沒到被砸暈失去理智的地步。作為理性工科女，她絕不會輕易向誘惑認輸！

結婚，從來都不是兩個人的事。尤其在古代，婚姻是否幸福，極大程度上得看彼此的爹娘是否對兒媳婦或女婿滿意。

薛婉努力克服臉頰上的「高燒不退」，仔細觀察陸桓的眼神和表情，問道：「即便你不介意我的家世身分，那令尊、令堂又怎會不介意呢？」

陸桓雙眸熠熠地望著薛婉，他早就猜到，以她的聰明肯定會問。

其實若論起父母對自己看中的女子的想法，父親那邊倒還好。但要令母親同意，也的確費了他一番周折，而且，最終其實也不單只靠他。

由薛婉所出的幾樣農具，對於半個行家而言的母親，亦是不小的震撼。加之近來薛婉在工匠和市井之中聲名鵲起，以及她所改進的農具幫鋪子賺得不少銀子，亦使得母親原本不贊同的態度逐漸轉變。

名利二字，往往密不可分，相輔相成。身為世俗之人，母親在意這些，實乃人之常情。

他所鍾愛的姑娘才華出眾，不過是缺了登上雲端的梯子。那麼，他便做她的雲梯，以其之才換得名利，能與自己比肩即可。

看來當時他默許並且縱容下人閒談傳播薛婉之事，這步布了許久的棋終究是走對了。

得名獲利，讓母親見到她實實在在的好，母親心中的顧慮自然會漸漸消弭。撬開「身分家世」那扇最為厚重的隔閡之門，再往後便會容易許多。

人與人之間的情感緣分，總是要通過相處才會加深。以薛婉的聰慧靈巧，日後必然能合母親心意。

當然，這盤耗時耗精力的棋局，陸桓此時不會與薛婉盡數交代，只把結果說給她聽。

「自然是不介意的。他們都很歡喜。否則家母又怎會遣方嬤嬤與我一同前來？薛姑娘若仍不放心，稍後可與令尊、令堂再次詳談即可。」

自己的話她不信也罷，但她爹娘的話她總會信的。

薛婉也知道這種不成文的規矩直接問陸桓不妥，於是輕輕點頭，表示信其所言。

人家陸公子的話已然說成這樣了，薛婉自知繼續害羞不給回應那就太矯情了。細思片刻，薛婉決定開誠布公，對他直言自己的顧慮，遂還了一禮。

「小女子謝過陸公子坦言及心意。故而也不敢將小女子於婚嫁之思有所隱瞞。小女子心胸狹窄，無法容忍今後的夫君納妾，即便是有通房丫頭也不行。相信此事於陸公子及令尊、令堂而言實屬為難。因此，小女子早已想過，於我而言，還是配個農家漢為好。」

第三十四章

陸桓聽了，內心驚訝不已，亦是歡喜不已。

他原想著，薛婉也許會猶豫一些時日，至於猶豫的原因，當然不難猜測。敢問，哪個女子會如此果斷的將自己心中的所思所擾立時坦然相告？多是由其他人轉述於男方，並且還要拖上些許日子。

至少他所知曉的女子中，對於有人求娶這件事，沒有一個會像薛婉這般爽利坦蕩。

今日薛婉的表現，簡直使陸桓耳目一新，心中更是感嘆和慶幸自己會傾慕於如此與眾不同的姑娘，對她的愛慕之情因此只增不減。

「陸某今日相告，並非強人所難。只想薛姑娘知道，陸某對姑娘的心意皎皎可鑒，不願妳多思揣測浪費心力，故而如實告之。至於薛姑娘之慮，大可不必為此憂心。陸某本就無納妾和收通房之意。此事早已與我父親、母親談妥，他們皆同意隨我意思。」

連顧慮都被人家的一句話就給咔嚓解決了。薛婉此時心中也沒了主意，只好硬著頭皮說道：「婚嫁大事，請陸公子容我考慮一些時日。另外，你……恐怕也並不了解我的真正性情。於此，小女子還勸公子多番探問。」

自己最近在村裡的名聲不太好，薛婉也知道。可若是不讓陸桓知曉，她總覺得對他像是刻意隱瞞什麼似的，因此說完前句，又補充了一句。

陸桓若是聽得明白，自然會找人打聽的。這樣一來，她也算得上對他坦誠了。

交談告一段落，陸桓不便久留。臨去前，又追問道：「薛姑娘何時再來鋪子裡？」既然已經表明心意，此問便不會顯得過於糾纏，反倒變得落落大方了。

得知陸桓對自己的心思，此時再聽他問出這種話，薛婉感覺怎麼聽怎麼像是準男友的語氣似的。攏在袖子裡的雙手輕輕握起，薛婉難免羞澀，說話的聲音更輕幾分。

「明日我爹會回鋪子，我……我也會跟著去。」

「好，我等薛姑娘。」轉身離去前，陸桓深深看了薛婉一眼，清湛眼眸和淺淺勾起的嘴角無不含情，弄得薛婉的心跳速度再攀新高峰。

薛婉忍不住在心裡抓狂。她心裡還沒準備好呢，陸桓這追求攻勢就一波接一波的來了。這叫她以後怎麼接啊？

陸桓回到堂屋不久，方婆子響亮的話語聲再度從堂屋裡傳出。

「我們老爺、夫人知道近來您家正逢秋收，農活多，這天氣又乾燥。特意尋人從京裡買了點濟世堂的梨膏給您二位，並兩疋絹、四朵絹花給您家小姐。哦，還有一套文房四寶是給您家的小公子的。」說著，就把大包小包的給抱到薛南夫妻二人面前。

陳氏知道以陸桓的身家，備這些見面禮並無不妥。可於他們農家人而言，可就太貴重了。一連搖手。「使不得，這可使不得。」

薛南想接，一見媳婦如此，抬起的手又悄悄放下了。

方婆子機靈得很，將禮物略往陳氏面前一推，笑道：「薛夫人可推辭不得。您是不知道您家小姐的厲害。她所製出的農具，再加上漸起的名聲，可幫我家夫人的鋪子賺了不少銀子呢。後來許多鄉紳地主，可都是專門尋著她的名氣主動找過來鋪子裡的。您不收，豈不是虧了您家小姐的身價了？」

這話說得太有水準，陳氏只得收下了。

方婆子見她面露顧慮，又笑著道：「薛夫人若覺得這禮重了，那便讓您家小姐多多去鋪子裡，她的這裡……」方婆子伸出手指，點了點自己的腦袋。「可比銀子貴多了。前些時候，經薛小姐改過的板車，推著比先前的省下老大的力氣，行進也加快不少。附近糧店和碼頭的東家都來鋪子裡訂呢。幾個大酒樓也先後買了兩輛。弄得我家夫人都嘆道，可惜呀薛小姐不是個男娃。若是男娃，定會成為一代名匠。」

陳氏這才大大舒了口氣，展顏露出欣慰笑容。女兒爭氣，就是她的底氣！

陸桓等人走後，薛婉頂著大紅臉躲進了西屋。

今日之事著實出乎她的意料，再加上突然被「結婚式」表白，對她心理上的震撼和衝擊亦是不小。更何況陸桓還是她能看入眼的人，這就不得不令她認真思考嫁人的事了。

之前來她家提親的也有，但來的都是媒婆或者類似媒婆角色的中間人，以大娘、大嬸、奶奶之類的為主，可從來沒出現過這種提親家的男娃親自登門的。

她需要一點時間來緩緩，免得犯了花癡病，稀裡糊塗的就這麼被色迷心竅了。畢竟事關自己的終身大事，也關乎家裡人，因此她花再多的時間和心思去抉擇、考量，都不為過。

陳氏見以往很有主見的女兒突然如貓兒一般躲起來，不催她，也不擾她。只與薛南有一句沒一句的商量，心思卻記掛在西屋裡的薛婉身上。

幾人各自思量困擾著，沒人注意到，一向安靜的薛敬，此刻卻不見了。

陸桓與自己的小廝和方婆子離開薛婉家一段路後，總覺得有些不太對勁。一回頭，才發現身後跟著的小個子男娃。男娃生了一張讓人一見難忘的清秀面孔，眉目昳麗，神情清冷。

陸桓認出是薛婉的弟弟，見他跟在自己身後卻不出聲，知道他是有話想對自己說。於是給了方婆子和小武一個眼神，示意兩人往前走一點，好方便他與男娃單獨說話。

小武本想多嘴問一句，卻被方嬤嬤眼疾手快地拖走了。

見前方只剩陸桓一人，薛敬這才走上前去。

「你是薛姑娘的弟弟，薛敬？」陸桓望著他沈靜的臉龐，心裡不免對他生出幾分好奇。剛才在薛家做客時，他所有的注意力都放在薛婉和薛南夫妻二人身上。此時再見薛敬，才發覺他和其他同齡男娃不太一樣。

薛敬點點頭，十分正式的向陸桓行了個書生禮。

陸桓越看他越覺他與眾不同，想了想他跟來的目的，問道：「可是有話要對我說？」

薛敬走近兩步，仰頭與他對視，也不拐彎抹角，直言道：「陸公子。姐姐與你身分家世皆不般配。常言道，男婚女嫁還需夫妻二人門當戶對。我不想姐姐嫁入您府上後，會因出身而受人白眼，公子還是改求登對人家的小姐，莫要招惹姐姐吧。」

陸桓心中驚訝他的直言不諱和犀利言辭，然而自身心意已決，於是還禮誠懇道：「我傾慕你姐姐的才華品性，已然決定非她不娶。你姐姐現下的身分與我雖不般配，往後卻不一定。」

薛敬望著他，眼露疑惑。

陸桓繼續道：「妳是她的弟弟。合該比我更清楚她。你姐姐並非偷了靈藥飛上月宮的嫦娥，我保證絕不會令她有碧海青天夜夜心的一日，況且她本就不是普通女子。」說到此，似是念起心中人，陸桓的眼神變得十分溫柔，語氣卻越發堅定。「她是還未長成的鴻鵠。我願做潤養她的湖泊，亦願做任她高飛的晴空，呵護陪伴她一生一世。」

薛敬沈默片刻，對他行了一禮，不再多言，轉身離去。

小武見那小孩離開，於是跑回自家公子身邊，不解問道：「少爺，這薛姑娘的弟弟怎麼瞧著這麼奇怪啊？一點也不似其他農家娃娃。還跟你說那番話、那些擔憂，你不是早就與薛姑娘的爹娘說過了嗎？他怎麼又來提，豈非多此一舉？」

陸桓抬手輕輕敲了一下愣頭小廝的腦袋。「你當他是你？在我看來，他才是薛家最厲害的人。薛姑娘人很聰慧，未料和她弟弟相比，還是差了一截。」

小武稀奇道：「哦？差了哪一截？」

陸桓指了指自己的心，眸色變得幽深。「心機。」

小武懵了，使勁撓頭。站在他一旁的方婆子卻拍了一下手，笑嘆道：「這小公子，可真不能小瞧呢。」

陸桓好笑地睨著自己的笨小廝。「你當他為何將薛姑娘最大的顧慮重說一遍？還點明怕她若真嫁給我，可能會因身分差異而受人白眼？」

小武將頭搖成了波浪鼓。

「你當那句受人白眼，這個話中的人是指誰？」陸桓彎起嘴角，瞇起眼睛望向那越行越遠的矮小身影。「他在告訴我，若真想娶他姐姐，就要提前清理身邊那些有小心思或喜歡狗眼看人低的僕從。對於那些可能會笑話他姐姐的親朋好友，我也應該盡早想好對策，免得讓他姐姐吃不必要的苦。」

小武嚇得立刻站直身體，鏗鏘有力的表忠心道：「少爺，小武絕對不會怠慢您選定的少奶奶。您大可放心！」

方婆子也望向那個拐進薛家竹籬牆的身影，語尾拖得長長的嘆息。「這薛家的兩個娃兒，都不簡單吶。」

陸桓立在颯爽的秋風中，遠望著那牆，無聲地點了點頭。

薛敬回來時，瞧東屋那邊傳來爹娘隱約的說話聲，又側耳聽了聽西屋一片靜悄悄，知道姐姐正在獨自沈思。

猜測爹娘稍後肯定會找姐姐說話，薛敬乾脆進西屋取了本書，一個人回到堂屋的桌邊坐下，沈下心思看書。

大黑安靜地趴在他腳邊的地上，一會兒抬起毛茸茸的眼皮瞄兩眼東屋，一會兒又啃啃前爪搔搔癢。仍不見有人出來，索性就把頭枕在毛爪子上，合上眼皮打起了瞌睡。

秋收忙完的下晌，各家的男人們都在小憩，女人則輕手輕腳的洗衣服、納鞋底子、縫製冬衣。大小不一的農家院子裡，屋前屋後皆是一派繁忙後，餘下的閒適靜謐，只偶爾能聽到院子外頭傳來幾聲牲口的叫聲。

雞舍裡，母雞下蛋時發出的咯咯聲不時隨著秋風飄來，這是獨屬於農家的恬淡時光，也是薛婉最喜歡的時刻。

陳氏與薛南商量了約莫小半個時辰了。見女兒仍舊躲在西屋裡沒出來，陳氏心裡沒底，遂進了西屋看看她。正好也可以問問她，她對陸桓究竟有沒有心思。

掀起布簾子，見薛婉正坐在床邊，有一下沒一下的把玩陸桓方才送來的幾朵絹花。陳氏走到她的榻邊，在她身旁坐下，柔聲笑問：「怎麼？在想什麼呢？」

薛婉有些哭笑不得。「娘，妳明明知道的吧？」

陳氏笑著輕點她的腦袋。「娘是想知道，妳對那位陸公子，有沒有心思？」

薛婉心想這種事對親媽也沒啥好隱瞞的，於是坦然說：「若單論這個人，我肯定是滿意的。相貌俊俏，且才情人品俱佳，我與他也勉強算得上熟識。怎麼可能不中意呢？」

但是……還沒談過戀愛，就直接結婚，我實在是……很難接受啊！

這點薛婉只敢在心裡咆哮，嘴上卻不敢說出如此大實話。

「所以妳覺得他是可以託付終生之人？」陳氏仔細的將被女兒弄亂的幾朵絹花收攏到一起，給她整齊地擺放在收絹花頭飾的小竹籃中。

「可以納入考慮範圍內吧。」薛婉點頭道。「不過論其家世，的確與我不般配。所以我想再看看，萬一他的爹娘有一丁點不滿意，這樁婚事就沒法成。」

陳氏有些擔憂。「妳不怕這段時間，他會被別家的好姑娘挑走嗎？」

對於親媽提的這點，薛婉不是沒有想過。但是怕不怕情敵出現，那得建立在已有感情的基礎上。她現在對陸桓只能算得上有好感，遠不到喜歡甚至愛的地步，即便他真被別人搶了，她頂多只會惋惜幾天罷了。
「娘，妳想想看，他已經十八歲了吧？議親也有幾年了。他家世人品相貌都那麼好，之前肯定有不少好人家找上他。但他都沒應，可見心裡是很有主意的，不會那麼容易就被人誘惑。」
陳氏見薛婉不急，說得也在理，便不再擔憂這點了。知道女兒對陸桓也有點意思，心裡鬆快了些，陳氏便有心思與她閒談幾句。
「其實早前陸公子就單獨找妳爹說過想娶妳的事。與今日說給妳聽的話，差不多。妳爹說他當時言辭懇切，十分誠摯。妳爹心裡頭是極歡喜的，故而前些日子有人來家裡給妳說親，妳爹都不贊同。」
薛婉捂嘴呵呵笑起來。「我道爹前些日子怎麼那麼奇怪，一提起和陸公子有關的事，他就顯得百般殷勤。原來是提前就被別人給收買了。」
陳氏輕輕拍了她一下，笑嗔道：「不許這般說妳爹。他心是粗了些，可說到底還是願妳好的。」
薛婉笑嘻嘻地晃了晃陳氏的胳膊。「那娘呢？娘就不擔心我高嫁給陸桓，以後會受他家裡人的欺負嗎？」
陳氏睨著女兒，笑盈盈地望著她。「我看妳自己都不怎麼擔心呢。」

薛婉認真道：「我自然擔心，但不至於為此事太過煩擾。」
陳氏見薛婉露出沈穩神色，遂收了笑。「哦？為何？說給娘聽聽。」

第三十五章

薛婉思考一陣，努力將自己的思考轉化成這個時空的良家婦女可以聽懂並接受的語言，娓娓說道：「娘，妳可有想過，咱們女人為何一定要嫁給男人？」

陳氏不說話，只等她往下說。

薛婉又道：「剛嫁的時候，哪個女人不想過得好？所以姑娘家都會仔細挑選。挑家境總不能挑比自家差的，為了以後生計不會過於艱難。挑人品挑相貌，為了過得舒心又和美。那麼男人呢？男人娶妻圖的是什麼？不過圖女子賢良淑德，能生養、能持家。」

說到此，薛婉停頓片刻，觀察陳氏的臉色，見她沒表露出反對的態度，才道：「如此一比較，娘難道沒有發現，女方圖男方，全是生計大事。而男方圖女方的，則多半是些小事，容易達到、要求也低得多。因為雙方有所求的程度不同，故男方總是比女方占優勢，往後男子在家中又掌有經濟命脈，女方自然對男方百依百順。因為若不恭順，就會被休、被厭棄，這日子就無法過了。」

陳氏越聽越心驚，她從不知道女兒的想法竟會如此透澈成熟，完全不見少女年紀愛作夢的遐想。「所……所以呢？」

「所以，作為女人若想過得好，就得有自己的價值，還要不是任何女人都能替代得了的價值。」薛婉靈動的眼睛眨了眨，慧黠光芒一閃而過。「我對陸家，就是有一定價值的，別的女子沒法替代的價值。他家的木匠鋪子，不光在白雲縣有，在其他好幾個縣，生意都做得很大。而我對他家鋪子而言，是有助益的。簡言之，打鐵還需自身硬。故而我在他家會受公婆氣的機率，並不大。」

「妳既然不是真擔憂，那妳方才對陸公子說的那番話，是何意？」陳氏有些看不懂薛婉的想法了。

薛婉暢然笑道：「當然是提醒他可要再三想清楚了，別到時候因我的身分受了旁人閒言閒語的氣，就怨到我頭上來。」

陳氏大舒一口氣，點了點薛婉的額頭。「鬼靈精。心眼真多。」

薛婉兩手往後撐住身體，微微仰頭嘿嘿笑。「那可不是嗎？小事糊塗不要緊，這可是終身大事，花再多的心思、用再多的心眼去謀劃，都不嫌多。值得。」

母女倆若隱若現的笑聲從西屋裡間或傳出，薛敬聽見了，抿著嘴微笑起來。看來，娘和姐姐說得差不多了。

「呀啊啊啊——」一聲小女孩尖利的叫聲隨著西風刺入耳內，劃破秋日下晌的寧靜時光。

大黑猛地從地上一躍而起，渾身繃緊，喉嚨裡發出呼嚕呼嚕的示威聲音。薛敬也迅速放下書本，急跑幾步到堂屋門口，往叫聲傳來的方向張望。

「奶奶莫打！」不一會兒，西邊就傳來小女孩不斷的哭喊聲。

聽那聲音十分耳熟，薛敬心中一緊。不好，這是陶彩的聲音。陶家出事了！

「爹，娘，姐姐，我去陶家看看！」

等不及將屋裡的大人叫出來，薛敬急匆匆的大步跑出院子。大黑機靈地跟在他身邊，隨著小主人一同奔向陶瑩家。

奔進了陶家的小院，薛敬恰好看見陶瑩的奶奶拿著擀麵杖，一棒子打在陶瑩的肩膀上。

一邊打，嘴裡還一邊凶狠的直嚷嚷。「妳個小賠錢貨可能耐了妳！啊？李家那麼好的親事，妳說退就退了。妳怎麼不去死？死了倒還乾淨！」

陶瑩奶奶知道陶瑩個子高躲得快，打不到她，便持著棒子總往陶彩身上揍。陶彩人小跑得慢，再加上被奶奶的凶樣嚇得不輕，腳下便躲得不敏捷。

「奶奶別打妹妹，要打就打我！與她無關！」陶瑩肩膀吃痛，眼淚直流，可仍舊倔強地護著自己的妹妹，邊跑邊攔邊躲。驚慌匆忙之間，身上已吃了好幾下棒子。

薛敬見陶瑩滿臉是淚，心臟驟然痛了一下，腳下衝得更猛。一眨眼的工夫，就衝進了陶家的堂屋裡。雙手一伸，一把擋在陶瑩奶奶和兩姐妹之間。大黑緊隨其身旁，眼露凶光地盯著陶瑩奶奶，低吼兩聲。

陶瑩奶奶見屋裡忽的跑進了外人，還跟著一條大黑狗。舉著擀麵杖的手遲疑了一下，呼呼喘著粗氣，大聲道：「你是薛家的敬哥兒？快躲開！我教訓我孫女，你別來這兒瞎管，仔細傷著你！」

薛敬皺著眉，搖搖頭，擋在兩方之間的身子一動不動。

陶瑩奶奶與面前的小男娃對視片刻，見他臉上半分怯意也無，一雙鳳眸更是冰冷，竟感到有些意外。又瞄了眼他旁邊凶相畢露，隨時準備撲過來的大黑狗，心中很是忌憚，便佯裝放下手。

她恨恨地朝陶瑩罵道：「哼！小狐狸精訂親了也不安分！眼下退了親，更是給老陶家丟人！我們老陶家怎麼有妳這樣的不孝子孫？」

薛敬和陶瑩見她不再動手，心內稍安。

薛敬剛想轉身去看看陶家姐妹倆如何，不料陶瑩奶奶忽然將擀麵杖隔空扔來，直直對著陶瑩身後陶彩的腦袋。

薛敬倏地睜大眼睛，一抬手就想去攔那根杖子，陶瑩卻手快的將他一把扯開，杖子不偏不倚地打在她的手背上，發出「啪」的一聲悶響。

大黑氣得「嗷」一聲撲過去，直接將陶瑩奶奶的裙襬給撕下一大塊來。不過牠雖然很想咬她，可平日薛婉和薛敬都對牠管得嚴，沒得到主人的吩咐，大黑絕不會輕易咬人。

可就這下子，陶瑩奶奶也被牠嚇得動彈不得，臉色慘白，顫著聲道：「敬、敬哥兒乖，快、快把你的狗叫走。」

這樣一幕，全都被趕來的薛南、陳氏和薛婉三人看入眼裡。

薛南見兒子差點被擀麵杖打到，暴脾氣一下就上來了，對著陶瑩奶奶吼道：「曹嬸這是幹啥呢？管娃兒還管到我家頭上來了？」

大嗓門一嚷嚷，震得陶瑩奶奶和陳氏幾人都一陣頭疼。

陶瑩奶奶見險些傷到薛敬，心裡一時也有些發虛，她完全沒想到那小男娃兒居然會出手去攔。可一瞥，又瞧見陶瑩的手背被打得瞬間紅腫起來，心裡頭極為解氣，便不想多留了。也不管自己在兒子家中而不是在薛家，敷衍的對薛南夫妻兩人邊說邊往院子外頭快步走去。

「哎喲！我管我孫女兒呢。誰想到你家的小子會來攔著？對不起啊，我家中還有事。先、先走了。」

陳氏看不慣那尖酸刻薄的老婦，但終究是村子裡的長輩，她不願多說，只轉頭問陶家兩姐妹。「怎麼回事啊？好端端的，妳家奶奶幹麼要來打妳們？」說著，熟門熟路地走去堂屋的灶臺邊上取藥油。

陶彩嚇得直哭，打著哭嗝兒道：「奶奶得知姐姐與李家退親了太丟人，趁爹娘、不在……就跑來打姐姐，要、要出氣。」

薛婉將她拉到自己懷裡，輕輕拍撫安慰著，好讓陳氏給陶瑩的手背搽藥。

陳氏轉頭對薛南道：「家裡總沒個大人也不行啊。妳快去銀生家裡一趟，將瑩兒娘先叫回來。」

薛南「唉」了一聲，也不知是回答還是嘆息，快步去了。

陳氏無奈的搖頭嘆氣，將陶瑩受傷的手的袖子往上擼了擼，好方便搽藥。誰知往上一擼，一條長長的青紫痕跡竟露了出來。與旁邊完好的白皙膚色一比，實在非常驚人。

「天吶！妳奶奶怎麼下手這麼狠?!」薛婉驚了，湊到陶瑩身旁，緊緊盯著她胳膊上的新傷，恨不得咬碎一口銀牙。「真是是可忍，孰不可忍！」

陶瑩無聲低下頭，眼睛裡全是隱忍的淚花。那是她的奶奶，是她的長輩，她除了忍，別無他法。

薛敬望著陶瑩手背上那塊十分刺目的紅腫傷處，又見她原本瑩白細嫩的手臂那片觸目驚心的傷痕，氣得緊緊攥起拳頭，眸子裡暗沈一片。

陳氏看不過眼，心疼地一邊給她輕輕吹氣，一邊小心抹藥。

薛婉將陶彩安撫得安靜下來，覺得胸中憋得難受，覺得自己很應該做點什麼。一抬頭，忽然發現薛敬和大黑不知在何時不見了。

薛婉悄悄一抿嘴，和陳氏打了聲招呼說要出去轉轉，便腳步輕快地往村道一旁的小徑走去。那條路是通往老陶家的必經之路。

曹氏獨自走在通往老陶家的小泥徑上，回想起方才教訓孫女，仍覺得打得少了。

里正家多好的境況，李文松這男娃又是多麼出挑，也不知陶瑩那蠢娃兒究竟在尋思瞎想些什麼，居然主動要求退親！

這事今後傳出去，她都覺得村子裡的人一定會嘲笑老陶家。

就算村子裡會傳一陣陶瑩之前遇見的沒影事情又如何？只要她在李家人面前恭順伏低，那李文松還真能不娶她？她若是個長進的，此時一定會多多討好未來夫家。

可惜這瑩丫頭偏生是個蠢的，自以為有幾分容色，還非要在意什麼骨氣！現下可好，這麼好的夫家給退掉了，看她今後還如何再找到這麼好的男人？

曹氏邊走邊思量，越想越覺得之後還得再過去教訓一番那蠢孫女才能出氣，心裡不痛快，她腳下的步子也不自覺地踩重了幾分。

誰料還沒盤算好何時再去兒子三福家，身後的幾株雜草叢裡倏地傳來幾聲異常響動。由遠及近，聲音更是從「窸窸窣窣」變作「唏哩嘩啦」，很是詭異。

曹氏再沒心思琢磨別的，一顆心隨著那些越來越近的響聲高高吊起，一邊加快腳步，一邊緊張地回頭張望。

突然，一隻髒兮兮的花白狗頭從離她不遠的一堆雜草叢裡鑽了出來。凶狠的狗眼死死盯住她，嚇得曹氏腳下一扭，險些一屁股坐到地上。

「呸！原來是隻野狗。」曹氏拍了拍胸口定一定心神，打算繼續往家走。村子裡有幾條經常東竄西竄覓食的野狗，村民們也都習慣了。

哪知她腳還沒邁出去，那野狗竟然氣勢洶洶地追了過來。看牠猙獰地伸著大紅舌頭的模樣，像是想咬她。

曹氏心頭一驚，嚇得扭身就走，嘴裡還對牠嚷著。「去，去去！別跟來，我這兒可沒肉骨頭給你！」

她也知道若被狗追，她越跑那狗肯定追得越緊。於是想跑又不敢，只得一邊小步快走，一邊回頭看那狗跟來沒有。

以往村裡的野狗，若是被人這麼趕著，通常都會走開。可這隻狗不但沒有離開的意思，反而緊緊追在她身後，凶狠地瞪著她，齜著牙，喉嚨裡一直發出「呼嚕呼嚕」的示威低吼，一副隨時都會撲過來撕咬的樣子。甚至有幾次，都追到了她腿肚子後去用嘴撕扯她的衫裙。

這下子曹氏被牠嚇著了，不管不顧地奔起來，累得氣喘吁吁。

沒跑多久，到底是上了年紀，曹氏腳下一軟，「唉唷」一聲跌坐在地，尾骨摔得生疼。

說來也怪，見曹氏摔了個跟頭，那髒兮兮的花白大狗居然不追她了。伏低身體一下鑽入野草叢，頃刻間銷聲匿跡，溜了個乾乾淨淨。

曹氏見那大狗瞬間逃個沒影，這才放下心來，大大喘著口氣。沒了擔心，尾骨處的疼痛更加明顯。曹氏疼得嘶嘶吸氣，想要站起身，奈何身後疼得厲害，她身子也沈，一時之間竟是站不起來。

正心煩犯愁，眼前倏地投來一片陰影。

曹氏抬頭一瞧，原來不知何時，薛敬已悄無聲息地立在她身前。「敬哥兒？」

曹氏愣了一下，見他身旁蹲著的大黑狗，以為是他家的狗將方才猛追她的那條花白大狗趕走的，忙與他道謝。「多虧你家的狗，不然曹奶奶我就要被方才那條野狗給咬了。」

薛敬面無表情地望著眼前坐在地上的老婦人，薄唇微動，正想說些什麼。忽聽身後傳來姐姐的聲音。

「敬哥兒。」薛婉穿過一叢雜草，拍了拍身上沾的細草碎葉，笑著走過來。瞧見弟弟眼中閃過的一絲意外，安撫似的輕拍一下他的背，道：「找了你一圈，原來你在這兒。走吧，娘喊你回去呢。」

又裝作不經意地瞧見坐在地上的曹氏，薛婉臉露驚訝。「呀！這不是陶瑩奶奶嗎？怎麼坐在地上啊？多涼啊。」說歸說，卻不見她上前去扶。

「不小心摔了一跤。」曹氏在小輩面前丟了臉，有些尷尬，費了好大力氣，才從地上慢吞吞地站起來。

「是被野狗追了吧？」薛婉將她上下打量一番，眼裡露出戲謔。「咱這兒偏僻得很，附近不知何時多了好幾條野狗。慣會追著人討吃的，不給就嚇唬妳。奶奶今後若再來，可得小心點。瞧瞧，您雖沒被牠們咬著，可跌了一跤，身上的衣裳弄髒了也得洗，是不？」

曹氏被她一句提醒，往自己身上瞧去，果然看到衣衫前後都沾了不少泥土。又瞧見方才被大黑撕壞的裙襬，心裡難受得直道晦氣。

孫女是教訓到了，可她這趟來，損失也不小。不但弄破了衫裙，回去還得洗衣裳，尾骨那兒也是一陣比一陣疼。

於是越想越生氣，不願在外久留，沒和薛家姐弟再多說兩句，便回家去了。

第三十六章

見曹氏那老婦人蹣跚走遠，薛婉才露出笑容。

薛敬看看她，露出一絲笑意。「姐姐怎麼也跟來了？」

「怎麼也？」薛婉收回視線，伸手輕點他的小腦袋。「你膽子可夠大，連陶瑩奶奶也敢戲弄。」

薛敬不接話，只歪著頭裝無辜。

薛婉笑他道：「行了。咱姐弟倆還有啥好瞞的？方才那條花白大狗，我可是經常見牠與大黑一起玩呢。」

薛敬被姐姐看穿小心思，遂摳摳臉，笑意擴大了些。

「不光你見她打瑩兒姐姐氣，我也氣得不行呢。瑩兒姐姐根本沒錯，她憑什麼要打她？哼！」發現自己語氣不好，薛婉趕忙收斂脾氣，耐心對弟弟說：「今天陶瑩奶奶吃了虧，等回家去仔細思量，不一定會不知道方才的事是咱倆作弄她。不過，我就是想讓她有所忌憚，不能老讓她往瑩兒姐姐家裡跑。最近我想和瑩兒姐姐多琢磨些新吃食呢。她若總來，咱們還怎麼幹活？」

薛婉這幾日空閒，有想過也許可以憑藉自己的一些新點子和陶瑩的好手藝，去縣裡擺個小吃攤。賣些平民大眾都能接受的小吃，既能果腹又很美味的那類。只要種類豐富起來，也不怕別家抄襲。

小吃攤這種性質的親民經營模式，食物種類越多越能留客，生意也會越好。消費者若是習慣了這家的口味，更會逐漸形成固定的回頭客群體。

何況，這種低定價的生意，他們兩家人才能出得起本錢。再加上陶家的地少，陶叔他們就可以把體力、精力多用於經營小吃攤的生意。

而且生意若真做起來了，不但是陶家，包括她自己也能有長期的、比較穩定的收入了。

當然，這些都只是她一個人的初步設想。實際要如何做，還得和陶叔、陶嬸，與自己爹娘詳細商量過後才可行。但若是老陶家的人總來搗亂，那麻煩可就多了。

故而她才沒阻止薛敬方才的行為，反而還支持他作弄陶瑩奶奶。

「弟弟，你說姐方才說的對不？」薛婉笑盈盈地牽著小弟往回走。

薛敬乖乖點頭，一雙漂亮的大眼睛裡亮光閃閃，非常贊同姐姐說的每一句話。

陶三福一家人能讓那曹氏隨意捏圓搓扁，可他家不能。兩家挨這麼近，若曹氏太過張狂，總來吵吵嚷嚷的，自己家聽見了掛心陶三福一家不說，那些呼來罵去的話語，聽在耳內也真令人心煩。

為了以後能有清靜日子，正是該如姐姐說的那般讓那曹氏有所顧忌。再想來陶家作威作福時，就得多思量猶豫一番，想想隔壁不太好惹的鄰居。

薛婉與薛敬回到陶家時，不但李氏回來了，就連在村頭幫別家做短工的陶三福都趕回來了。

聽見方才的事，又見女兒身上好幾處青紫紅腫傷痕，陶三福氣得胸口不住起伏，李氏更是心疼的直抹眼淚。陶瑩將妹妹牽在身旁坐著，正在輕聲安慰爹娘。

薛南夫妻倆對於他們的家務事也不好插嘴。

陶家屋裡的氣氛一度壓抑沈悶。

薛婉左思右想，覺得以現在屋裡的氛圍，還不太適合談她的賺錢大計。

於是想出來一個能讓大家稍微分分心的事先說：「陶叔、陶嬸，反正瑩兒姐姐和彩兒妹妹最近在家中也無甚要事。不如每日抽空來我家，我教她們認字寫字如何？」

此言一出，不但陶三福愣了，連李氏都忘了掉淚。陶瑩、陶彩兩人更是滿臉驚訝。

「啥？」陶三福震驚地望著薛婉。「婉兒不是開玩笑嗎？」

薛婉納悶了。「不是啊。為何要拿這種事開玩笑？當然是說真的了。」

「女娃也能認字、寫字嗎？」李氏顫著聲問。

「為何不能？我娘和我不都會嗎？」薛婉奇怪道。她提這個建議只是為了能讓陶家人稍微高興一些，並沒經過深思。

其實「薛婉」能有機會識文斷字，那還得多虧她有那已故去多年的秀才外祖父。然而能考中秀才的可不多，青山村幾年甚至十幾年才能出那麼一、兩個，那都算是不了得的好事了。

陶三福與李氏彼此對望一眼，片刻後，兩人露出狂喜的神情。「那太好了，那太好了！」

在青山村，除非自家兄弟，否則能識文斷字的村人是不會輕易教旁人認字讀書的。畢竟去私塾上學的束脩不便宜，村子裡只有家境條件中上的人才會送家中的男娃去讀書，更別提花錢讓女娃學字了。此種提議，對陶家來說極為稀罕可貴。

「那先這麼定了。反正近來一段時間咱農家也不算太忙，相信咱們總能抽得出空來學學認字、寫字的。若我有事不在家，敬哥兒也能教瑩兒姐姐和彩兒妹妹。」薛婉補充道。薛敬聽她如此說，便對著陶家一家人輕輕點頭表示同意。

陶家夫妻高興地不住點頭，眼裡充滿感激之色。陶瑩和陶彩也開心得很，兩張原本憂愁的娟麗臉蛋都明亮起來。

陳氏和薛南對望一眼，見陶家人臉上總算露出笑意，都感覺心裡跟著輕鬆不少。

到了下晌吃完晚飯，薛婉先將自己想找陶家一起合作開小吃攤的事情與爹娘說了說。

陳氏沒反對，但表現得也不熱絡。她心裡還是有顧慮的，眼下家中境況已是不錯。她便不太想讓薛婉出去拋頭露面，但聽薛婉說得頭頭是道，她又不忍心打擊她。

薛南倒是非常贊同，他可不會嫌銀子多；有辦法能賺錢，當然是好的。只是開小吃攤有兩個最大的問題，第一就是攤子應該開在哪裡，第二就是得想辦法應付地頭蛇。

若是生意太好，遲早會招那些眼紅的地痞過來訛錢。若是生意不好，他們又投本錢又投人力的，也賺不了幾個大錢，那還不如不開。

提到這兩點，薛婉即使再聰明，一時也沒轍了。在縣裡可不像在村子裡，有權勢又有財力的人家想要隨意欺負他們這種平頭百姓，那是再容易不過。

若是沒有一點倚仗，小老百姓想做點生意多賺點錢，實屬不易。攤子人氣不高，問題不大。怕就怕攤子生意太好，那接踵而來的麻煩亦會越來越多。

見女兒為此事暫時犯了難，薛南忽的心頭一亮，一拍大腿，樂道：「有了！婉兒不常待在鋪子裡，不知道吧？就鋪子門口迎客的那個夥計來貴，他爹娘就是在縣裡碼頭附近開小吃攤子的。因著他在縣尊公子家的鋪子做活，縣裡的地痞都不敢去他爹娘擺的攤子那兒瞎訛錢。那些人可精著呢，知道來貴爹娘背後靠著誰。不如明天我去和他問問，看能不能向他爹娘的小吃攤租半塊地。若他們同意，咱這擺攤子選地的事情不就解決了嗎？」

不太可靠的親爹難得提出這麼有建設性的好主意。薛婉一聽，隨即笑著同意了。「若是這事情能敲定，咱們明日從縣裡回來再找陶叔、陶嬸他們商量接下來的事！」

時值深秋，草木多已凋零。

秋日天亮得晚，薛南與薛婉趕著牛車跑上村道時，太陽才剛剛爬上東邊的天際。幽藍天空被初升的朝陽漸漸暈染成金色，為灰暗的村莊披上一層霞光。

望著如此美景，即便吹在臉上的晨風已有冷冽的苗頭，薛婉依然心情大好。今天她有兩件大事要辦，因此早早就醒了。想到等會見到了鋪子裡就有人可以商量，她就止不住的興奮。

秋收農忙已結束，村子裡有許多人家的老人、男人和孩子們還未起身，只有持家的婦人和少女們在院子裡忙碌，準備柴火和家人晨起後要用的早飯。

貫穿村頭村尾的大道上尚無行人，四周也無蟲鳴聲，顯得靜悄悄的。耳旁聽得最清晰的，便是牛車的車輪在地面上滾動時發出的「轆轆」聲了。

出了青山村，向東邊的小路一拐，便抵達通往縣城的官道。

薛南舉著鞭子，在牛臀上抽了一下，想讓牠跑得快些。哪知剛出村口，就見到一輛停在路邊的馬車。

許是聽到車後有牛車駛來，那原本靠坐在車輿前打盹的年輕車夫倏地醒了。蹦下車來，站在一旁朝薛南他們望了望，立刻笑著揮手招呼道：「薛老爺，薛小姐！」

鄉下地方，很少能見到馬車，即使是如眼前這輛外形樸素，用竹製車輿的馬車，也極為難得一見。因此當薛南和薛婉一看見這輛馬車，注意力就被它吸引了。

此刻牛車靠得更近了，看清那車夫的樣貌，著實讓薛家父女倆都不約而同地吃了一驚。

「小武？」薛南趕忙拉住韁繩，喊了一嗓子，讓牛車停下來。「大清早的，你怎麼到這裡來了？」

小武拘謹地撓撓頭，對薛南與薛婉恭敬道：「少爺說如今天涼了，擔心薛小姐坐牛車吹著冷風著涼，特意讓我來接她一段路。」

薛婉一開始沒反應過來，怔了一瞬，才捂嘴笑這小子太過老實，連場面話都說不好。怕她著涼，怎麼就不怕她爹著涼呢？

哪知薛南完全沒想到這裡，只顧著咧嘴樂。「還是少東家有心！」又扭頭對薛婉擠了擠眼睛。「妳瞧瞧，陸公子對妳多上心！」

薛婉只能無奈的在心裡吐槽一句「傻老爹」。過了一會兒，又回想起昨日陸桓在院子裡和她說的那些話，心想昨日才剛和他見面、聽他表白過，今日他就有所行動。這效率簡直可以！

追求行為顯然頗為熱烈，弄得薛婉一時有些招架不住，臉頰不禁紅了。

薛南難得見到自己沒心沒肺的女兒露出如此小女兒嬌羞情態，樂得就和吃了蜜似的，笑得瞇起眼睛，將薛婉從牛車上扶下來，就往馬車上趕。「哈哈，別顧著害羞了，趕緊上馬車。」

薛婉捂臉，實在對她老爹那著急的模樣看不過眼，下牛車時，在他耳旁忍不住輕聲嘀咕道：「爹，矜持。要矜持！」

薛南卻哈哈一笑，根本不將她的提醒放在心上，反而還勸她說：「傻丫頭。易求無價寶，難得有情郎啊！人家都送上門了，妳怎麼也得給他一點面子吧？」

薛婉瞪了親爹一眼。這話都說得出來？怎麼平日不見他說話這麼文謅謅的？

小武見薛婉表情有些不自在，立刻說道：「薛小姐不用擔心。我家少爺知道您不願太招人眼，這不，還特意準備了一輛如此尋常的馬車呢。」

薛婉登上馬車的一瞬，聽到小武如此說，心中一甜，不自覺地彎起嘴角。好吧……雖說如此，陸桓今日能找馬車過來接她，還可顧及到她想要保持低調的心情，的確是讓她感覺到他的細心和體貼了。

看來這位準男友候選人，人還是很不錯的。

薛南與薛婉趕到縣城時，天光已大亮。幾條平日繁華的街巷，此刻早已人潮熙攘。街兩旁的鋪子均已卸下門板，敞開大門做起了生意。

小武將馬車停在木匠鋪門口時，專在門口迎客的小眼睛夥計來貴立即笑臉迎過來。「哎呀，薛二哥與婉兒姑娘可算來了。」

來貴一邊說，一邊往馬車前擺了一把矮凳，好方便薛婉下車。

薛婉掀開馬車簾子，看見那把矮凳時，愣了一下。原先她都是坐她爹趕的牛車來的，可不見來貴這麼細緻地招呼她。

莫非……來貴也知道陸桓對她的念頭了？

這種差別待遇，讓薛婉弄不清心裡是什麼滋味，有點害羞又有些慌亂。與來貴輕聲道了謝，薛婉不經意地瞥見鋪子裡有幾個機靈的學徒也在看她，於是逃也似地跑進鋪子後面的木坊去了。

看來鋪子裡知道陸桓心思的，可不只來貴一個人。

真是的，為什麼這麼多人都知道了啊？這陸公子什麼都好，就是嘴巴有點大啊……薛婉噘著嘴心裡埋怨，對陸桓的「大嘴巴」印象，此刻又更加深一層。

其實薛婉這次又錯怪陸桓了。來貴知道此事，是因為每次薛婉來鋪子裡，都是他去通知陸桓的。而鋪子裡那幾個聰明的學徒嘛……卻是今日才猜出來的。

至於原因——

當薛南與薛婉進到後院裡的木坊時，喬老與幾個老工匠一人捧著一碗冰糖雪梨湯，喝得正起勁。

瞧見父女倆進來，喬老忙笑著招呼他們道：「來了啊？用過早飯了吧？用過就先來喝碗雪梨湯吧。秋日乾燥，喝了正好潤潤肺。」

一旁的徐師傅喝完最後一口雪梨湯，舒暢地嘆了口氣，胖胖的臉上滿是笑意，望著薛婉說道：「這雪梨湯可是喬老的媳婦做的。若不是託婉丫頭的福，咱們想吃還吃不到呢。」

薛婉歪著頭，正納悶呢，身後跟進來的來貴湊到她旁邊，對她一陣擠眉弄眼，輕聲道：「喬老的媳婦做得一手好羹湯，每次咱們少東家逢喜事時，她心情好，就會來鋪子裡給大家做吃食。」

薛婉聽不太明白，疑惑地望向他。來貴又和她說道：「少東家小時經常待在鋪子裡，喬老媳婦常幫咱們夫人照看他，就像半個兒子那般。兩人感情甚篤。少東家也與她很親近。」

「所以呢？」薛婉依然丈二金剛摸不著頭腦。

來貴嘻嘻一笑，聲音壓得更輕。「昨日許是她得知少東家終於有了中意的姑娘，今日便一大早過來鋪子裡，說是想要見見。」末了，又對薛婉眨了一下眼睛。「這不就是因為今日妳來了嘛～～」

第三十七章

薛婉心中這才明白過來。喬老知道陸桓昨日去她家探望她，並表白意圖，於是便將此事告訴自己的妻子。既然拿少東家當半個兒子看待，那跑來想要見一見未來半個兒媳婦也是人之常情。

幾個老匠都是過來人，比外頭那些愣頭愣腦的半大小子學徒們可是精明多了。也許他們早就瞧出陸桓對自己有意，故此，她今日過來，徐師傅才有此一說。

一想到喬老身旁的四、五個叔叔伯伯們都看穿了陸桓對自己的心意，薛婉頓時感覺羞得慌。小心翼翼地抬頭瞄過去，那幾個老匠則識趣地散開各忙各的去了。

薛南笑得眼睛瞇成了一條縫，端起雪梨湯大口大口吃起來，一邊吃，還一邊嘟囔。「唔，真好吃，怪香甜的。」

薛婉臉紅地端起小木桌上的另一隻碗，先抿了一小口，頓時覺得心曠神怡。

難怪大家都說有口福，原來這雪梨湯和他們農家人平日喝得不一樣，似乎加了花蜜，用來煮湯的水好像也不是普通的井水，那種隱約的清香爽冽口感，像是泉水。

香。

湯碗端到嘴邊，就能聞到一股淡淡的花香。入口後，更是清甜可口，齒頰留香。

食材選用得考究，才能做出如此美味的湯羹。

「師母的確好手藝！」薛婉喝完，滿足地嘆了聲，真心讚美道。

自從來了木匠鋪子，薛婉就隨她爹一樣稱喬老為師傅了。那麼喬老的媳婦，她當然要稱為師母。她只是在機械設計上有所長，但若論扎扎實實的木匠活，她與喬老相比，真心不及這位老前輩的千分之一。

「呵呵。婉丫頭若用完了，就幫我們把空碗拿去廚間吧。交還給妳師母，正好也讓她見見妳。」喬老笑道。

薛南跟著大聲笑道：「對，對。爹也吃完了，空碗給妳，快端去廚間吧。」

「曉得了。」薛婉朝親爹皺皺鼻子，臉紅紅地給喬老行了半禮，便將六、七個空碗疊在一起，端起往木坊南面的廚間走去。

被人當半個準兒媳相看，真的挺讓人難為情的。此刻，她總算體會到那種心慌卻又竊喜的羞澀少女感覺了。

緊接著想起那俊美倜儻的「罪魁禍首」，薛婉竟覺得自己不知在何時，好像已對他生出不太一樣的微妙情感了。也許是他昨日之言，讓她聽到心坎裡去了吧？總之現在一想起陸桓，薛婉心裡就會覺得甜絲絲的。

正低頭出神間，身前忽的響起一個清潤年輕的悅耳男聲。「妳來了。」

薛婉抬頭一瞧，見陸桓著一身月白色的書生長衫，清風朗月似地立在廚間門口，一雙修美晶亮的雙眸凝在她臉上，溫柔得彷彿要滴出水來。薄唇邊淺淺的笑意似乎也含了情，一言一笑之間，濃情密意盡顯無遺。

薛婉的心猛然一陣狂跳，與他對視片刻，整個人都愣了。心想自從昨日之後，這陸公子就對自己火力全開，她感覺自己快招架不住，就要直接投降順他的意了。

「我正想去門口瞧瞧妳來了沒有。」陸桓微微一笑，走到她面前，自然而然地接過她手中捧著的碗，轉身進了廚間，又對薛婉輕聲道：「進來吧，喬嬸很想見妳。」

薛婉見了陸桓，心中越發羞得厲害，鵪鶉似的跟在他身後，一前一後地進了廚間。

「喬嬸，婉兒來了。」

不知是否錯覺，陸桓喚她的名字時，聲音居然帶了一點綿綿的沙啞，聽得她耳根子直發燙。

「哎！可算來了，快讓老婆子我瞧瞧。」隨著一句笑語，一位慈眉善目的年長婦人進入薛婉的視線。

那婦人個子不高，身體卻很結實，眉眼之間滿是喜意，臉色紅潤，顯然日子過得極為舒心。見到薛婉，她自來熟的快步迎上來。

將薛婉拉近身前，一眼不眨地上下打量起來，一邊細瞧，一邊點頭笑說：「好、好，好得很，一看就是個極聰慧的靈巧丫頭。少爺好眼光。」

媽呀！要不要這麼直白……

薛婉的心臟再次受到衝擊。我們還沒訂親呢！怎麼弄得好像我已經注定要進他家門了？古代的嬸子們說話都這麼直截了當的嗎？

薛婉求救似的回頭望陸桓，卻見他一臉欣慰地看著她，嘴邊的笑意甜得太過顯眼，就如含了蜜。

好吧……我錯了。不是喬嬸直截了當，而是這陸公子對自己的心意絲毫不加掩飾，弄得明眼人不用費勁就能看得清清楚楚了。

事已至此，她也不用害臊了。

薛婉心裡倏地明鏡似的，鎮靜下來。笑著對眼前喜孜孜地瞧自己的喬嬸問好。

「師母好。」

幾句家常聊下來，薛婉發現喬嬸的性子非常好。她擁有這個時空的婦人們常見的溫柔，並且毫無潑辣市井之氣，行止之間婉約而爽利，言辭有度，令與之相處的人極為愉悅。

比如她見到薛婉之後，除了開頭稱讚過陸桓眼光好，其後與薛婉閒談之間，再沒提及任何兩人之間的事。只會問些關於薛婉在機械設計構思上的事，連薛婉的家境都很少過問。這就避免了薛婉與陸桓這種曖昧少男、少女之間，當著彼此的面被他人談論時，常見的羞澀尷尬。

況且，陸桓是對薛婉單方面的追求，若總被說起，會顯得在無形之間給薛婉施壓。喬嬸即便心裡再怎麼期盼薛婉對陸桓能多些好感，面上卻是絕口不提。這令薛婉大大鬆了口氣。

兩人小談片刻，薛婉沒感覺任何不自在，舒心至極。

陸桓陪同薛婉離開廚間時，薛婉心情極好，嘴角微微翹著，笑咪咪的樣子差點讓一向舉止泰然的陸桓走神。

薛婉感覺到身側他專注的目光，不自在地問：「怎麼了？」

陸桓這才意識到自己居然眼睛都不眨地盯著身旁嬌小少女，羞澀之下，不經意地吐露真言，輕聲道：「妳真好看。」

此時正是天光明亮，金燦燦的陽光從屋簷上斜灑下來，在身旁清風明月似的年輕公子周身籠出一層淡金色的朦朧光暈；越發襯得他星眸灼灼，俊雅非凡。

薛婉的臉騰地一下紅個徹底，心臟更是狂跳不止。心想：你才好看。

一股陌生的悸動從心底湧起，望著陸桓透出情意的俊美修目，薛婉聽見了自己由衷的心聲：行吧。不得不承認，我對這位公子的確動心了。

兩人收回視線，沈默著並行幾步。陸桓擔心薛婉會感到不自在，便主動起了話題。「南邊的沈家來到鋪子裡，想請我們改良紡織機。」

「沈家？」薛婉腳步頓了一下。如果她沒記錯的話，之前她生辰時，爹娘給她買新衣布料的那家淮南布莊，東家就姓沈。「可是淮南布莊的那個沈家？」

陸桓點點頭，稍微側過身體，為薛婉擋下突來的一陣寒涼秋風。「是。就是淮南沈家。」

薛婉暗自吃驚。那可是布料生意橫跨九州的巨賈！之前她在鋪子裡待著，午間小休之時，時常能聽見鋪子裡的夥計們閒侃八卦。

薛婉對淮南沈家的了解，就是從他們口中得知的。

據說這個大名鼎鼎沈家的布疋經營生意不但橫跨過半個皇朝，而且還是個皇商。在任何一個縣城裡，只要提起淮南沈家的名號，就沒有人是不知道的。

「我記得沈家總號和大半的生意皆在汴京吧？那裡大、小木匠鋪雲集，名匠更是多不勝數。他家怎麼會尋到咱們的鋪子改良紡織機呢？」薛婉皺起秀氣的眉頭，為此表示費解。

陸桓聽見「咱們的鋪子」，心中升起一絲喜悅，嘴角的淡笑加深幾許，道：「沈家當家夫人的娘家，是頗有來頭的糧商，酒樓開得全天下都是，在白雲縣亦有不少田地和莊子。」

薛婉總覺得陸桓的笑容意有所指。「所以？」

「近來我家的鋪子總能出品新式農作器械，聲名大噪。想必他們已得知陸家得了新巧匠的消息，故而特此尋來一試。」陸桓望著薛婉，對她眨了一下眼睛，笑意疏朗。「這都要多虧了婉兒姑娘。」

又被帥哥突然放電，薛婉趕忙轉回頭來，不再看陸桓，只輕輕道：「少東家謬讚。」

回到木坊前，喬老與另外兩個資歷最老的工匠正在等她。薛婉剛走過去，喬老就又和她說了他們鋪子接了改良紡織機的生意。

薛婉聽說後，點頭說道：「我已知曉。方才少東家已將此事與我說了個大概。」

「知曉便好。沈家提的要求是一個月後要見到成品。」喬老道。

一個月？薛婉有些擔心。一個月的時間，實屬是要加緊趕工的急件了。

紡織機不似普通農具傢什那般改良起來較為容易。紡織機的機械構造複雜，零件、配件多，甚至有些都必須去鐵匠鋪子單獨訂製。另外，改好的紡織機並不能馬上交貨，還得經過幾輪測試和修改才能確認其運作順利。

即使鋪子裡有好些能工巧匠，不缺人手，可就改良紡織機的難度和精細度來說，並不比之前薛南獨自一人在家打造那些較為簡單的農具來得省時。

「丫頭，妳覺得加上妳，與咱們這幾個老骨頭，能來得及在一個月內製出新紡織機嗎？」見薛婉面色整肅，喬老知道她在計算工期耗時。

薛婉沒見過這個時空目前正在使用的紡織機究竟是什麼樣子，不敢隨便回答，只保守地對喬老說：「師傅，可有沈家眼下正在使用的紡織機的工圖稿件？」

喬老與薛婉相識時日也不算短，知道她在匠工活計上的態度甚為審慎，對於工圖也頗為重視，從不空口胡說，故此早已備好了圖稿。薛婉一問，他便將捏在手中捲成一卷的圖紙交給她，正色道：「在此。妳仔細看看。」

薛婉接過後小心地將其展開拉平，凝神細瞧之下，發現這臺紡織機類似於漢代的斜織機。其構成分為機身和機座兩個部分。機座前端設有座位，後端斜接著長方形的機架。

在使用這種斜織機織造時，織工坐在機上，根據織機的「馬頭」控制綜片的運作規律，交替踩下機座下方的長、短踏桿，如此往復動作，織品就能「縷縷而積之，寸寸而成之」了。

全神貫注地觀察及思量此織機的構造與機械運作規律，薛婉忘了應當掩藏說詞，直接說道：「我見過這種織機。若想將其改得更好，可從機身寬度、經面傾角和推筘的安置方面來進行改良。」

此言一出，連同喬老在內的三位老匠都驚訝地望向薛婉。

這種斜織機是近十年來才出現在市面上的，據傳是南方第一名匠經過家族三代嘔心瀝血之後才製成。一臺的價格便是二十兩銀。但凡小點的布坊，都不一定能捨得買個一、兩臺。如今普通的布坊，仍多用以前老式的平織機織布。只有初成規模的大布坊，才會購置兩到五臺，還僅僅是為了應付大訂單時才會使用。

沒想到薛婉這平日都沒出過白雲縣地界的一個小小姑娘，居然能有這種見識。不但見過這種現世先進的斜織機，甚至能當下提出改製的方法，這怎能不令人驚嘆？

薛婉在鋪子裡「打工」已有數月，從其以往的表現來看，工匠們都知道她以前必然有過專門教導她的厲害師父。但既然她不願多提，這些共事的老匠頭們自然不會多問。

秘傳技藝不對外傳本就是他們這些手藝人都曉得的行規，誰也不會不識趣地盯著她一個小輩姑娘刨根問底，這要是被其他同行匠工們知道，可是要遭鄙視唾棄的低劣行為。況且，薛婉總是無私地分享知識，自然更沒有必要多此一舉了。

薛南站在一旁，對女兒所言倒是沒什麼太大反應，對於女兒的才智及見識，他幾乎已經到了麻木盲從的地步。

陸桓將視線凝在薛婉的臉上，眸中所綻放的傾慕神采簡直讓薛婉感覺他是在看一位難得一見的「小仙女」。

薛婉被他看得不好意思，悄然埋下頭去。

喬老沈默一陣，捋著下巴上的鬍子，開懷笑道：「沒想到咱鋪子裡來了個珍寶。有妳丫頭這句話，老夫都能安心不少。既然妳也知道工期很緊，老夫有個提議，不知二郎與婉丫頭你們能否接受？」

薛南和薛婉不約而同望向喬老，等他繼續說下去。

「婉丫頭可否近日先別回家了。路上往返耽擱的時辰不少，再說也耗費精氣神。」喬老笑咪咪地看著父女倆，溫言道。

薛婉有點驚訝。「啊？不回去，可……要我住哪兒？」

鋪子裡肯定不能住，那都是男子們住的地方。難不成要住到喬老家裡去？

喬老捻了兩下小鬍子，笑了笑，沒說話。

陸桓卻對薛南及薛婉行了一禮，彬彬有禮地說道：「二位勿急。若二叔與婉兒不介意，便住在樊昌客棧吧。我會為二位安排最靜謐雅致的房間。至於婉兒日用的頭飾妝品、衣衫鞋襪，之前皆已由喬嬸備好了。」

薛婉瞪大眼。

這哪裡是什麼提議啊？分明是喬老與陸桓已經聯合商量好了，準備萬全，只等自己下鍋……哦不，只等自己點頭了吧？

薛婉詫異地瞧著陸桓，見他眉目之間隱約顯出欣喜之意，心頭不由一甜。可轉念一想，心跳又有些加速。若自己天天待在鋪子裡，那他天天都來，豈不是每天都能見面了？

既能看顧好生意，又能與心愛的姑娘約會……

此時此刻，薛婉覺得自己還是挺欣賞陸桓的，人帥不說，智商還高，禮數周全，又體貼細緻。

好像……真的挺適合做相公的？要不要這麼十全十美？我……我快撐不住了。

薛婉攏在袖子裡的手不自覺緊張的握起，望向自己的親爹想徵求他的意見。
誰知……根本不用問，她爹已經為她應承下來了。

第三十八章

「樊昌客棧好像是縣城裡最大的一家客棧吧！」薛南爽朗笑道。「好，好！既然師傅與少東家都安排好了，婉兒又有我陪著，那就沒啥可擔心的了。」

雖有薛南欣然首肯，可陸桓仍是看向薛婉，以眼神徵詢她的意願。

薛婉想了想，就安全性來說的確沒啥問題，又想著工期著實很趕，便同意了。

陸桓見她沒有露出任何不高興的神色，這才對站在自己身後的小武吩咐。「你親自往青山村跑一趟，將此事告知薛二嬸。」又轉頭對薛婉溫聲道：「婉兒若仍不放心，可寫封信，讓小武一併捎帶過去給妳母親。如此，可妥？」

薛婉對陸桓的安排極為滿意。他不但尊重她的意見，對她家人的態度也很慎重，各方面皆設想周到，甚至比她自己還要細心。

當下她便彎起眼睛對陸桓笑著道了謝。「少東家安排得甚好。多謝了。」

事情就此決定下來，薛婉當日便與喬老等幾位老匠開始探討該如何改良紡織機。

沈家也算上道，已於昨日運來一輛半舊的斜織機，專給鋪子裡改製之用。

薛婉圍著那臺足有她一個半人高的斜織機上下左右研究了半天，不禁感嘆沈家的決心和財大氣粗。

一臺斜織機就要二十兩銀子，沈家說運來就運來，可見其在織造布業頗有雄心壯志，想要更上一層樓，擴大生產經營規模了。

等薛婉仔細看完斜織機的實際構造後，喬老有心想讓她指點自己幾個得意徒弟，便將那幾個年輕學徒招過來，對薛婉說道：「婉丫頭，既然妳說妳知道此機構造，不如就講講它與舊式織機的區別吧？讓這幾個小子也開開眼，見識一番。」

喬老之所以不親自教授徒弟，是因為他發現薛婉在給他人講解木工器械時，表述能力比他們幾個老傢伙都來得強。經她解說之器械構造及運作原理，簡單易懂，重點清晰，讓聽者能很快明白，並且牢記住，這也是他私心裡更偏愛和器重薛婉的原因。

薛婉笑看了眼那幾個顯得頗為拘謹的年輕小夥子，將工圖在眾人面前攤平。

「這種新式斜織機，與老式織機相比，有四大改進。一是它配備了機架，經面與水平機座成五十至六十度的傾斜角，織工可一目了然地觀察到開口後經面是否平整，經線有無斷頭。二是織工可坐著操作，且用經紗導棍和織口卷布軸來替代腰力控制紗線張力，在一定程度上減輕了織工的負擔。」

一邊說，薛婉還一邊用手指指著她說過的幾個裝置。「三是用梭子與竹筘送緯打緯，既提高了織造速度，又較好地控制了所織布幅寬度。四是用腳踏提綜的開口裝置，使雙手解脫出來，更能有效地運用於引緯和打緯上……」

陸桓站在幾人邊上，亦聽得津津有味。

有個年輕學徒之前沒與薛婉一起工作過，並不知其所說的角度計量是何概念，便問：「薛姑娘，可否說說何謂五十至六十度？」

薛婉點點頭，拿起案桌旁的炭筆和竹規，在另一張紙上畫了個圓，放緩語速道：「倘若一個圓形是三百六十度，則將其分成六份，每份便是六十度……」

其他學徒有其他不太明白的詞彙，又問薛婉。薛婉皆耐心的逐一回答。

與學徒們和老匠的解說、研究一直持續了近兩炷香的時間，薛婉的喉嚨稍微有些發乾，輕輕咳了幾聲。

陸桓立刻轉身喚來一個夥計，輕聲吩咐他去了廚間。

薛婉講到一半，忽然發現手邊多了一杯水，端起飲了一口，品出其是用胖大海加雪梨飲調製而成，心中感到一陣寬慰。一抬眸，恰巧瞧見陸桓對自己微笑，用眼神示意她多喝點水。

薛婉對他略微點頭算是謝過，端起水杯喝下一半，感覺嗓子舒服多了，遂繼續與幾個老匠研究改製的具體步驟和細節。

忙碌了一整日，在鋪子裡與眾人用過晚膳後，薛南與薛婉便被陸桓專門安排接送父女倆的馬車送至樊昌客棧。

樊昌客棧在白雲縣是唯一的官家客棧，正門口不但有士兵把守，內裡的裝潢亦是大氣簡潔，桌椅房間都拾掇得極為乾淨。

陸桓給父女倆訂的客房在客棧最高樓層的最裡兩間，不但房間寬敞，門窗更是雕圖以牡丹盛放，綺窗青鎖，錦被軟枕，極為典雅舒適。甚至連通往房間的過道樓梯，皆與其他客房分開獨立使用。

若論及安全性，真是無可挑剔。

望著比其他客房雕刻得繁複華麗的木門上綻放的牡丹圖，薛南滿意得直點頭，在薛婉身旁連連稱讚陸桓道：「閨女，妳瞧瞧陸公子對妳多上心。這兩間房，以往鐵定只給官家老爺住的，如今妳爹我一介平民，能沾了妳的光住上一回，這輩子可是值了！」

薛婉細瞧堪稱「總統套房」等級的房間，表面不言不語，內心卻是很贊同老爹的說法。

陸桓確實是對自己用極了十二分心，這種房間他都能弄到，還一訂便是一個月，可見亦是花費不少心力周旋和銀錢，自己怎麼都得將紡織機趕在一個月內改造出來，否則如何對得起他這份心意？

到了房間沒多久，店家的女僕送來溫熱水，笑說是陸公子吩咐的，給薛婉沐浴之用。

她們不但捧來帶有茉莉花香氣的皂豆與出浴後用來塗抹護膚的凝膏，甚至還在浴桶中撒了好些香氣宜人的漂亮花瓣。

在農家時粗手粗腳地生活慣了，突然被如此細緻入微地對待，薛婉有些受寵若驚。如此為她操持生活細節的程度，簡直比她親媽照料她還要好上幾分。

舒服地洗完澡，薛婉披著半乾的長髮，坐在黃梨木凳上支著下巴發呆，回想白日與喬老和幾個老工匠們商討的紡織機改製細節。

此時，房門又被輕輕敲響。

薛婉納悶地走到門邊，取下掛在門邊架子上的棉巾擦著頭髮上未乾的水氣，隔著門問：「是誰呀？」

「是我，丹青。」方才進來給薛婉送水、送皂豆的一位年長女僕的聲音響起。

聽見耳熟的聲音，薛婉將門打開。「丹青姑娘，可有事？」

丹青手上端著木盤，往前送了送，笑道：「來給薛小姐送點小食。以免姑娘睡得晚，到時深夜腹空，那可不好辦了。」

薛婉順著她的說辭看向木盤，見到擺得齊整的精緻長方形糕點，色澤淺綠深紅，香氣撲鼻，顯是各有不同滋味。

丹青又道：「這是綠豆糕和棗泥糕，都是剛做出來的。」

薛婉點點頭，為她讓了門。

將糕點置於桌上，丹青又走到窗旁，將窗戶開了道小縫，柔聲叮囑道：「薛小姐，咱北地秋夜寒涼，房內燃了銀絲炭，炭煙極少，但也總是有的。小姐記得晚上將窗子留條縫，切莫闔實。」

薛婉微笑道：「謝謝丹青姑娘。」

丹青搖頭道：「客氣，客氣了。本是小奴分內之事，千萬別謝。」說著，取過木盤中一個不起眼的長條型小匣子，走到懸著帷幔輕帳的床邊，從內裡取出一根細長的香來。

薛婉看明白她要燃香，便好奇了。「這是什麼香？」

丹青將它放到油燈旁點燃，用手稍稍搧了兩下，聞到香味，才將其插到床邊小櫃上的鎏金銅香爐內。「安神香。陸公子怕姑娘白日思慮過多，夜裡會睡不安穩，特意吩咐要點上給小姐助眠的。」

薛婉禁不住一陣臉紅，心想陸公子給這客棧吩咐了如此多的要求，太讓人不好意思了。

悄眼望去，卻只見丹青半垂下眼睛，臉上絲毫不見任何戲謔或是笑話她的神色，顯然很是知道分寸。

「薛小姐不必憂心，樊昌客棧內的僕役，皆受過嚴格調教，絕不會亂傳客人任何私密事。」像是看清楚她的疑慮，丹青解釋罷，便對薛婉彎腰曲膝施了一禮。「小姐夜安。」

言畢，丹青再看一眼炭爐內的火候，便輕手輕腳地退出房去。

這可真是五星級飯店的服務。果然不是一般的好啊！也難怪陸桓放心將她安排在此處居住呢。

薛婉全身心地投入改良紡織機的工作，在繪製工圖以及與喬老等幾位老工匠的商量中，不知不覺地度過了四、五日，可謂是忙碌到已忘記日月星辰之交替。

到得第六日，木坊中忽然走入一位華服美婦。鋪子裡幾位年長的工匠認得她是誰，滿臉慌亂，可還沒來得及上前行禮，那美婦身旁陪同的俏丫鬟立即對他們比了個噤聲的手勢。

工匠們見此景，紛紛放輕做活的手腳，原本在閒聊說話的幾個年輕小夥子也不由得停止了交談。四周倏然變得安靜下來。只因這位身著錦緞、頭簪金步搖的美婦不是別人，正是陸桓的母親，鋪子真正的主人，陸夫人。

陸夫人悄然走到薛婉身後，見她只顧著與喬老等人探討改良斜織機的事宜，對周遭突來的靜謐竟毫無察覺。

陸夫人對薛婉的專注不禁面露讚許之色。站在一旁少許辰光，她又走到薛婉斜後方，將其上上下下都打量了一遍。

最終，陸夫人微微一笑，點點頭，帶著丫鬟如來時一般悄無聲息的離開了。

出了木坊，臨到鋪子大門口，屏息的丫鬟才鬆一口氣，輕聲笑問陸夫人。「夫人，仍不放心嗎？這回見著真人了，可否滿意？」

「原本她出身平民，我還擔心她言行粗鄙。」陸夫人略側過頭，笑瞥俏丫鬟一眼，才道：「今日一見，才知曉她是個能沈得住氣專心做事的姑娘。桓兒誠不欺我。她倘若真能在約定時日內，將紡織機改製出來……哪怕她只是個出身農家之女，我也再無微辭。畢竟如此才女，實屬難得。陸家若能得她做兒媳，也算福氣。」

日子就在不停的忙碌中，如流水般一天天淌過。眼見離交貨還差三日，薛婉與喬老等人已將斜織機的提升改造得差不多了。

其間，經面傾角曾改了四次，方才達到薛婉眾人的預期效果。

臨到最後一次試機之日，喬老沒像之前幾次那樣找喬嬸試機，而是遣人去沈家的淮南布莊請了一位熟手織娘過來。說是新機不日便會交給沈家，應由沈家的織娘先過來學習使用新機。如此，以後也便於沈家其他的織娘或織工們有人教導。

跟著那位年長的織娘身後進來的，是一位著靛色襴衫的年輕公子。

他二十歲出頭的年紀，身姿挺拔，相貌堂堂，眉眼之間盡是風流，微挑嘴角似笑非笑，迎面行來，如三月春風，自帶撩人氣息。他甫一進門，就引得店內幾位女客頻頻側目。

正在鋪子客堂裡的喬老瞧見織娘身後跟著的這位男子，不由瞇眼一笑，對身旁的一位學徒抬了抬下巴，示意他看那公子，低聲說道：「沈家很重視此次紡織機的改製。瞧，還未及交貨期，竟連沈家本家的公子爺都親自過來了。」

喬老對這位沈家來的公子知道一些，見他今日穿著比往日低調樸素不少，猜他過來許是不願讓太多人知曉。

那公子眼尖得很，進了鋪子一眼便望見喬老。

喬老迎了過去，假裝未注意到那位公子，先對那織娘拱手笑道：「沒想到今日試機，居然是柔娘親自過來。恭迎，恭迎。」

柔娘是沈家在白雲縣大小布莊織娘中的第一好手，四十來歲，生得面如銀盤，臉上雖也帶笑，卻不自覺地流露出一股職業匠人的威嚴。她長髮在腦後綰了個簡單的垂髻，顯得既乾淨又俐落。

喬老與她見禮，她也大方地對他輕輕福了下身子，極為客氣道：「得喬老相迎，柔娘實乃榮幸之至。」

喬老這才稍微將視線往她後方移去，以眼神給那跟在柔娘身後的年輕人打了個不明顯的招呼。

年輕人淡淡一笑算作回禮，像是很領喬老的情。

與兩人寒暄完畢，喬老走在前面領路，又回頭叮囑道：「二位跟老頭兒我過來吧，木坊裡有些亂，小心腳下，別踩到廢木料扭著、摔跤了。」

柔娘與那公子便跟了過去。

穿過寬敞的客堂來到木坊之中，但見搬送木料的、刨木打磨的、雕花刻字的匠人們正有條不紊地忙著自己手上的事。柔娘與那年輕人一路行來，瞧見如此有序場景，不禁對改製後的紡織機充滿期待。

喬老並未在木坊中多作停留，而是領著二人繼續前行，又穿過一道木門，來到一處另闢於木坊主院的偏院中。敲了兩下緊閉的門板，不消片刻，便有一青壯拉開門閂為他們開門。

喬老對那青壯點點頭，領著身後二人走進去，才說道：「主院裡人多口雜，不利於改良紡織機。故而將其置於偏院，非得我允許之匠人不得進。」

此時柔娘不再說話，而是那年輕人開口道：「多謝喬老，設想周到。」

喬老搖頭，客氣道：「不必謝。分內之事。」

第三十九章

言畢，三人行至偏院中。不同於主院中的熱鬧繁忙，偏院之中，僅有兩名約莫三、四十歲的老匠在。他們正弓著腰，拿著銅錘在敲釘推筘。

一位身著素色衫裙的少女，正背對三人，伸手指著推筘的方向，與那兩位老匠在吩咐什麼。

柔娘與年輕人對視一眼，眼神中皆是好奇與了然。這位少女，約莫就是傳聞中的那一位「怪才女匠」了。

二人頗有默契地站在她身後，饒有興致地看她如何與工匠們一起做工，又瞧瞧擺放在她面前的那臺被改動得有些眼生的新紡織機。

「薛姑娘，推筘重新調整過了。妳看如何？」

薛婉靠過去，細瞧片刻，回道：「可以了。稍後只等布莊的人來，讓她們親自操作此機感受一番，方可知曉客人最終要求。」

喬老等那兩位看了一會兒，才出聲喚道：「婉兒，布莊的織娘來了。」

薛婉聞聲回頭一看，見到自己身後立了一位眉眼彎彎的女子，她正用一種好奇又讚許地目光望著自己。

至於其身後跟的高個子年輕男子，因為被柔娘擋去視線，穿著又不惹眼，再加之薛婉的注意力還有一部分在身後的織機上，故而起先並未注意到。

喬老笑呵呵的為她介紹道：「這位是柔娘。」又對柔娘說：「這位是薛婉姑娘，也算老頭兒我的半個門外徒弟吧。」

薛婉對柔娘回了個笑臉，大方行禮道：「小女在此有禮了。」

柔娘是個爽快人，也對她頷首回禮。「不必客氣了，我知各位近來為織機的改製煞費心血。為免耽擱你們，現下便請薛姑娘教我如何使用此機吧？」

薛婉與喬老交換了眼神，得到他的同意，才對柔娘點頭道：「好。請您隨我來。」

柔娘隨她往前走了兩步，讓出一些空位。薛婉才後知後覺地發現柔娘身後立著的年輕人。見那年輕人的打扮不像是布莊的夥計，倒像是個普通的書生，然觀其通身氣質，又有種說不出的氣派。

薛婉不免覺得奇怪，遂微微挑起眉頭，問柔娘。「敢問這位是？」

紡織機的改良是個需要保密的工作，並非所有人想看就能進來看的。

一瞧薛婉的神情，柔娘笑道：「這位是布莊裡的人，薛姑娘不必擔心他會洩密。」

既然柔娘說得如此坦白，薛婉便不再擔心顧慮。將她引到紡織機前，道：「此機您可坐著操作。」

柔娘一聽，雙眸一亮，頓時來了興趣。

薛婉便將那日剛接到此工作時，對喬老的幾個徒弟們說過的話又詳細為柔娘說了一遍，又將使用方法如實相告。

柔娘按照薛婉所述，坐在新機前，雙腳交替踩下腳踏桿，斜織機便運行起來。身為專業織工，她很快抓到要領，試了幾下，效果令她甚為驚喜。織速比舊機快了許多，並且織梭的運行滑動都更加流暢。

「如此一改，竹筘不再需純手動操作打緯，而是藉助彎桿的彈力打緯，甚是省力。」柔娘驚喜感慨道。

薛婉及喬老等人在一旁耐心看她試機，見她臉上始終帶笑，便知試機成功了。眼見通過了柔娘這位熟手織工那一關，眾人心底均是悄悄鬆了口氣。

此時，立於幾人身旁看柔娘試機看得極為專注的年輕人卻突然開了口。「小生不明白，為何要將機身寬度改小？如此一改，所製成布疋的寬度不也就變小了嗎？」

薛婉早就料到布莊的人會對新機的機身寬度存疑，遂不急不慌的為他解釋道：「改小機身寬度，可降低推筘的磨損程度，織出的布疋經緯之間亦會比用老織機出的布疋更加緊密結實。」

那年輕人倏地側過頭來凝視薛婉，含笑俊眸中，流露出灼灼光彩。

然而，薛婉全部的注意力仍放在試用新機的柔娘身上，接著說道：「況且，即便產出的布疋寬度變小了，也足以應付裁縫裁衣時所需用到的布料。公子若是不信，自可用尺測量後，交由柔娘估算。」

站在薛婉身邊的一個小學徒十分機靈，聽她如此一說，立刻去一旁的木檯上取來一把竹尺遞給那名年輕人。

「想必薛姑娘早已量過了吧？」那年輕人見薛婉如此胸有成竹，忽而對她展顏一笑，笑意直達眼底。「薛姑娘確如傳聞一般，不但年少有為，且心細如塵，樣樣皆料想周到。」

之前這位年輕公子進了小院之後，並未說過一個字，薛婉便沒怎麼注意他。此時聽他所言文謅謅的，不似普通平民。語氣中又隱約透出一股自信，這才意識到此人並不簡單。

薛婉不自覺的將視線移往他身上，正巧與他一雙晶亮精明的笑眸對了個正著。

他一定不是個普通夥計或織工！薛婉在心中下了定論。

試機的結果令柔娘大為滿意，因此交貨的日期也確定就在三日之後，不需再往後順延。

薛婉與喬老等人忙完這個大生意，大家都非常高興。二十餘日以來，眾人早起晚歸為此忙個不停。今日結局已定，大家便各自早早下工歇息去了。

薛南與幾個相熟的工匠約著去酒樓吃酒，而陸桓今日有事不在鋪子裡，薛婉便由夥計來貴護送回了樊昌客棧。

進了客房，房內早已燃了安神香，悠然淡雅的香氣鑽入鼻端，薛婉瞬時倦意上湧。繃了數日的神經得以短暫放鬆，她恨不得倒頭就睡。

往柔軟的床鋪上一撲，薛婉正打算香噴噴地小睡片刻，敲門聲卻在此時響起。

「誰啊……來了。」薛婉費力的從床上爬起，一邊穿鞋一邊問道。

開了門一瞧，原是與薛婉已頗為相熟的丹青。她笑咪咪地立於門外，手中端著一個木盤。

薛婉順勢朝那木盤望去，見是一件繡工極為精湛的華麗緞面襦裙，淺粉色的裙面之上，用金銀絲線繡著的連理枝紋栩栩如生。一見此裙的用料與繡工，薛婉便知其價格絕對不菲。

陸桓每日都會吩咐客棧送不同花樣的精緻飯菜過來，但突然送來這麼一件大手筆的貴重禮品，這般張揚，似乎不像他的作風。

「這是？」薛婉為此感到疑惑，歪了歪腦袋，問丹青。

丹青瞇眼笑道：「小姐，這可並非陸公子送來的。」

「除了他，還會有誰？」薛婉的言下之意，是自己認識的人之中，除了陸桓就沒別的有如此經濟實力的人能給她送這種禮物了。

丹青捂嘴笑起來。「小姐，妳也太低估自己的魅力了。」

薛婉一臉懵然。

丹青見她露出嬌憨神態，總算不再逗她，實言道：「是沈家七公子派人送來的。」

沈家七公子？薛婉愣了一會兒，腦海中浮現出那一對精明閃亮的笑眸來。

「哦？」薛婉蹙眉沈思，男人無緣無故給女人送貴重的衣服首飾等禮物，這意圖想不讓人想歪都難。沒有任何猶豫，薛婉搖頭拒絕道：「無功不受祿，這禮物我不能收。煩勞丹青姑娘幫我悄悄還回去吧。」

丹青小小吃了一驚，忙問：「小姐，是沈家七公子送來的。您當真要還嗎？他給女子送東西，此舉可不多見呢。」

薛婉一邊懷疑丹青姑娘到底算是幫哪邊的，一邊對這個八卦起了點興趣。聽丹青似乎話中有話，便接道：「嗯？此話怎講？」

這一問，丹青眼神中不由露出嚮往之色。

「沈家七公子雖是庶出，可為人聰敏睿智，極有才華。生意做得好，女人緣更好。時常有大家族裡的小姐借各種由頭給他送禮，卻不見他回哪家的禮。他主動給哪個姑娘小姐送禮則更為少見。我記得上回他送禮，還是因為御史大人家的嫡小姐及笄，他才代表沈家送了一份禮。連青樓的名主也極給他面子，只要他去，都是先緊著他伺候。但這位爺眼光甚高，去那種地方從來都是只吃酒聽曲，從不留宿眠花。」

薛婉有些難以置信，在這個時空，難道有錢人家的公子哥都是守身如玉的主？這不太可能吧？遇見一個陸桓，她已覺得他算是這個封建男權社會中的一朵奇葩了。沒想到這沈家七公子，也是如此？

「他都這個歲數了，不成親也罷，頂多算個大齡不婚男青年。但是他從來不碰女人嗎？」薛婉問，心裡卻想，莫非這是個兔兒爺？

丹青搖頭。「那倒不是。如此風流又富貴的公子，即便不成親，女人也總是有幾個的。聽聞他有幾位尚算寵著的通房丫鬟，都是從小就跟著他伺候的。外頭的女人，他從未碰過。許多人都傳，他一定是要找一位天之驕女。故而到這般年紀，還遲遲不願成親。」

薛婉了然地點點頭。這還差不多。這才是古代富貴男人正常的生活狀態嘛。妻不能隨便娶，不過妾和通房丫鬟卻能有一堆，只要養得起，數量不設限。

如此轉念一想，她又更覺得陸桓此人的確難得，潔身自好自不必說，於感情一事上也是頗為慎重矜持。而且，為人也貼心，如今她才忙完，正想歇息，他定然不會貿然叨擾，而是吩咐人待她醒轉時好生照料。

這兩日沒見著他，薛婉此刻忽然發現，自己有些想念他了。

「煩勞丹青姑娘為我說了這許多。」薛婉話鋒一轉，說：「不過，這禮我仍是不便收下。麻煩請姑娘待晚些時候，悄悄遣人幫我歸還沈公子吧。」

丹青一改方才興奮胡侃的模樣，眼神中露出欽佩，恭敬地對薛婉屈膝施了一禮，這才道：「是。丹青退下了。請小姐先好好休息，晚膳稍後便會送來。」

薛婉著實乏了，對她還了半禮，便闔上房門，打著哈欠瞌睡去了。

另一頭，丹青走過迴廊盡頭清寂的轉角，倏然被另一個著粗布衫裙的細眼丫鬟拽住。

只見細眼丫鬟捂嘴笑道：「嘻～～我道妳怎麼可勁地給薛小姐念沈七公子的好，還想妳是不是見他有錢，便起了別的心思。結果聽到後來，方知妳原是想探探這位小姐的底。」

丹青先是一驚，而後看清是與自己相熟的侍女，這才放鬆下來，道：「陸公子委實好眼光。薛小姐是個好的。」

「若是不好，又怎能得他真心歡喜？」細眼丫鬟直言道：「陸公子可不是傻子，他聰明著呢。挑媳婦，肯定挑得頂好。妳呀！還是少管閒事。若讓陸公子知道了，指不定會嫌妳多此一舉，擾了薛小姐歇息呢。」

「陸家對我有恩。即使遭他嫌棄，該我留意的，我仍會多加留意。」

「這下子妳放心了吧？薛小姐並非朝三暮四之人。」

丹青一陣感慨後，由衷笑道：「是啊。可算是放心了。」

薛婉休息了一陣，又吃了晚飯、洗過澡，徹底解了乏。

她是個閒不下來的人。此時好不容易有了空閒，她就開始琢磨著想給家中寫信。不知親媽近來身體可好，也不知最近薛敬有沒有代替她好好教陶家二姐妹認字、寫字……

才寫沒幾句話，房門外倏地傳來一陣凌亂的腳步聲和喧譁聲。

「慢點兒，慢點兒。小心別讓薛二哥摔著！」

「我看著呢。摔不了。」

「喝……喝酒，咱再喝……」這個聲音薛婉聽出來了，是自己親爹的聲音。敢情這是喝多了，走不動而讓人給架送回來的。

薛婉趕緊從椅子上起來，三步並作兩步跑過去打開房門，一邊對幫忙送薛南回來的兩個夥計道謝，一邊跟著他們身後進了薛南的房間。

那兩位夥計將人扛上床以後，就告辭回去了。

薛南回來時，弄出了不小的動靜。丹青機靈，一見如此陣仗，便知薛南是吃醉了酒。不多時就備好了熱水、熱茶端過來。

望著躺在床上，雙目迷濛，喝得醉醺醺的親爹，薛婉有些無奈。

她先是用溫布巾幫他淨了面，然後倒了碗醒酒茶過去，正打算用勺子舀了一小口、一小口的給薛南餵下去，卻聽薛南如墜雲裡的開口咕噥道：「那麼大的珍珠串子啊……還有、還有那麼老好的衣料子，我、我可是說退就退了啊！嗝……」

薛婉舉著勺子的手停在半空。

「那可是沈家啊……富貴濤天的沈家啊！」薛南說著說著，兩隻半合半睜的眼睛裡居然擠出了一點眼淚，連聲音都顫得變調了。「你說我都給退回去了，我這是犯什麼渾啊！」

「是啊。這可不像爹做的事啊。爹如此愛財，為何不收那重禮？那可是好多好多的銀子啊！」見他越說越沒樣，薛婉無語地趁他張嘴的時候給他餵了一小勺醒酒茶，還配合著他說些風涼話。

雖然薛南說的話聽上去前言不搭後語，可薛婉仍然聽懂了。

想必方才沈家七公子也派人給她親爹送了厚禮。不知為何，貪財的親爹居然破天荒地沒收下，反而給還了回去。她原以為依她爹的性子，碰見個有錢人家來示好，他就會貼過去了，就像之前陸桓接近她家一般。

原本還抱著看熱鬧的心態聽他繼續說渾話，哪知薛南再次出口的言語，竟然打破了薛婉對他的認知。

第四十章

「你以為我為啥不收啊？」薛南醉得認不出親閨女，沒好氣地翻了個白眼，大著舌頭說：「我閨女正和陸家議親呢！我若是收了那禮，陸家不高興了怎麼辦？沈家雖富貴，家、家大業大，可並、非良配。相比沈家，陸家……嗝……到底是書香門第。家境單純，家裡頭的親眷也不多，陸公子人品又、又好。我女兒若嫁過去，定會比在沈家過得舒心。」

薛婉在驚奇醉爹居然能將這些話說得頭頭是道，心裡忽的又生出一股說不出的滋味。原來，她爹並非如表面那般粗枝大葉，他的想法也不少，而且論及女兒婚嫁大事，他也看得很透澈。

「可是我這心痛啊！那兩樣禮，值好多錢呢。我瞧著它們被還回去，我這心疼得都在抖啊！」許是想起方才「割肉」一般的感受，薛南竟然痛心地抬手輕輕拍打起胸口。

薛婉被他既愛財又忍痛的模樣弄得哭笑不得，心裡頭卻極為感動，面上也帶了笑，試探著柔聲問他。「那爹不如收了再說？反正那沈公子也並未表明意圖啊！」

「那可使不得、使不得！這男人啊，還是男人最懂。沈公子送如此厚禮，那必然是瞧上我閨女了。那禮自然不能隨便收。」薛南連連搖手。「況且，若我收了沈公子的禮，即便陸家不介意，陸公子心裡也難免會不高興。我不能影響我閨女的親事，一點兒、一丁點都不能。」

薛婉見他兩頰酡紅，意識不清，卻始終打心底為自己的終身大事著想。一時之間紅了眼眶，百感交集。

來到這個時空這些時日，她真實體驗了這裡的生活，經歷了身邊家人對自己的親情，也到該下定決心的時候了。以她在這裡的年齡，的確該認真考慮婚姻大事了。逃避解決不了問題。

以前自己總是放不下原來時空的很多觀念和思想，尤其是在婚姻感情方面。但就在這一刻，在看到她那不太可靠的爹，也能為她的婚事煞費心血。她被深深的感動了。入鄉就該隨俗，她不能任性，再讓家人為她的婚事操心了。

況且，在鋪子裡待了一個月，陸桓對她無微不至的照顧，也著實令她感動。先不說能否再找到這樣的男子，若論感情，她早已不知不覺的對他動心了。

好吧。她決定了！等下次見到他，一定給他個準確回音。

還沒等到陸桓從相距百里之外的嘉壇縣回來，薛婉卻迎來一件大喜事。

隔了兩日，薛婉剛與喬老等人將紡織機送出交去布坊，用過晚膳正在後院稍憩，鋪子外面忽然奔進一個衙門小吏。

那小吏十七、八歲的年紀，跑得氣喘吁吁，臉兒通紅，一身嶄新的吏服不甚齊整，可想而知方才奔得有多急。一進門來，滿臉喜氣地嚷嚷道：「快，快。薛南薛老爺和薛小姐是不是在這兒？」

來貴就在大門口坐著，一見他過來，早就笑咪咪地迎了過去。「是啊。這位爺找他們有事啊？」

「可不得了了，大喜事啊！你快請他們過來。」

小吏喜得整張臉都笑作一團，說完又隨即改了口，拉著來貴的袖子道：「不不，還是你帶我去裡頭找他們吧。怎好勞動他們多跑？」

一邊說，他一邊喜笑顏開地拽著來貴往鋪子後院走。

來貴被他弄得迷糊，但他知道衙門坐鎮的縣太爺可是他家鋪子東家的相公，斷不會來害自家人，於是便一邊給那小吏帶路，一邊撓頭笑問：「到底是啥喜事啊？能說不？弄得人心裡頭怪癢癢的。」

小吏卻沒高興過頭說溜嘴，只是喜孜孜地說：「稍後你便知道了。」

盞茶的工夫過去，將好消息順利告知薛家父女二人的小吏興沖沖地離開了鋪子。

聽到天大喜事的薛南實在忍無可忍，興奮得衝到後院的草棚子裡就套牛車。

來貴悄悄告訴薛婉，陸桓方才剛回縣裡，說是他家公子瞧著心情有些複雜，還不停的給薛婉瘋狂使眼色。

兩人嘀咕了一小會兒，薛婉便與薛南說：「爹，我有點事辦，要出去一下。您不用擔心，有來貴一路護著我的。」

「哦！那快些回來。咱還得趕回村子裡呢。」薛南彷彿正在雞血衝昏頭腦的那一刻，滿臉都是憨憨的喜意，似乎整個人都泡在喜悅的池子裡，沒多想、也沒多問就同意了。

陸桓剛從嘉壇縣為恩師賀壽後趕回。

原本聽父親說了將要降臨到薛婉頭上的大好事而喜不自勝，可在出了父親房間後，家中心腹又告知他沈家七公子有謀求薛婉為正妻的心思，甚至已然採取行動，將重禮雙手奉上到薛氏父女面前。

起初陸桓聽說薛婉退了厚禮還暗自歡喜，可後來經過迴廊，被秋日蕭瑟冷風一吹，頓時神思清明。

他轉念一想，當初他送薛婉禮物時，薛婉也是不願意收下的。這便說明薛婉不一定是對沈家七公子不感興趣，而是她稟性素來如此，不願意無緣無故接受他人所餽贈之禮？

此事與自己所鍾愛的姑娘有關，陸桓一時心裡沒了自信，再者面對如此品貌家世都勝過自己的強勁敵手，他便有些亂了方寸。

都說關心則亂，此話驗證到自己身上，亦然半分不假。他一時之間心潮起伏，渾渾噩噩的衝出家宅大門，想要去找薛婉確定她的心意。

可來到傍晚喧雜的街市，才發現自己若真的追問上門，那也太過失禮和冒失了。如此徬徨無措時，失去了腳下的方向，恍惚地在街頭徘徊，不知究竟該去向何處。

華燈初上，身邊經過的人影與瑩瑩燈影相融相錯，陸桓立在熙攘人潮裡，看著來來去去的行人，只覺得情思紛擾、心緒翻滾，難以平靜。

究竟該如何才能使她也同樣傾心於自己呢？面對沈家七公子那般的俊才，她會不會芳心微動呢？

陸桓頭一次感覺到這般心慌無措又患得患失的情緒，而這些慌亂，都只為世間那獨一無二的女子所牽動。

一陣秋風捲著幾片落葉，吹過月白色的衣角。陸桓下意識地朝那幾片飛離腳下的枯葉望去，恍然之間，聽見令自己朝思暮想的聲音忽而飄入耳內，緊緊纏上心扉。

「我心似君心，定不負相思意。」

乍一聽見心心念念的女子聲嗓，陸桓還沒反應過來。待他沈靜幾秒，驀然抬首，才發現薛婉正笑盈盈地立在自己面前。那雙靈動清澈的眼眸裡，流淌著令自己心醉神迷的淡淡情意。

「妳、妳說什麼？」

陸桓不禁抬手揉了揉眼睛，難以置信地望著眼前的姑娘，連說話都有些結巴了，生怕自己是在作夢。

「妳、再說一次？」

許是難得見到他露出如此不同於以往沈穩淡然的傻氣表情，薛婉禁不住抬手捂著嘴，輕輕笑了幾聲，才眼含笑意地望著他，再次說道：「我心似君心，定不負相思意。」

看著她的笑容，陸桓感覺自己心間，像是有萬丈光芒猛地照射進來，所有陰霾迷霧頓時一掃而空。嘴角不自覺地也掛上一抹笑，而後越來越大，恍若遲來的春意，慢慢籠罩天地間，繼而鋪天蓋地，生機盎然。

也許是不好意思，也許是默契使然。兩人面對著靜立片刻，誰也沒開口說話。路過的行人不住觀望，卻對二人絲毫不見影響。

陸桓打從心底徹底鬆了口氣。原來，方才那幾片枯葉被風捲走之後，他的春天竟來了。

待風靜止，陸桓驟然福至心靈，如沐春風的一笑，主動打破沈默，對薛婉鄭重作了一揖。「待今晚，我便回去懇請父母，擇吉日上門提親。」

薛婉頷首，輕輕說了一聲「好」。

彼此心有靈犀，何須多言。

一個「好」字，便將自己今後的幸福交到他手裡。

從此二人便要情牽一世，相伴一生。

相比於此刻薛南、薛婉和陸桓的好心情，相隔數里青山村的薛婉家中，正坐著幾位不請自來的意外客人。

「婉兒娘，我聽說婉兒跟著她爹去縣裡做工了？這可是真的？那也能賺不少銀子了吧？」吊眼角的老婦坐在如豆的油燈旁，嘴角的笑容莫名有些陰險。

陳氏坐在她對面，一邊納著手裡的鞋底，一邊淺笑道：「五奶奶，婉兒和她爹的確去縣裡了。但究竟做啥，我也不太清楚。當家的做事，我們婦道人家也不好問得太多。」

五奶奶是族長的大嫂，為人尖酸吝嗇，可好歹輩分和身分擺在那裡，陳氏深知自己不能衝撞得罪她。否則以後他們這個小家，在村裡的日子就不會太好過了。

「若是真的，那可不得了。我聽說婉兒爹做工的木匠鋪子裡可全是男人。婉兒畢竟是個還未出嫁的丫頭，又還不是媳婦，如此太不成體統。」說此話的是另一名婦人，三十多的年紀，是五奶奶的二兒媳婦。在村裡也是出了名的潑辣，卻最得五奶奶心意。

陳氏拉扯針線的手微微一頓，抬頭柔聲問那婦人。「敢問巧明嬸，這是您親眼瞧見的嗎？」

「呃……不是我瞧見的。是周家嫂子她當家去縣裡趕集的時候遇上的。」巧明嬸抬手捋了捋鬢邊幾縷碎髮，虛笑了一聲。

陳氏眉頭幾不可見地皺了皺，又緩緩道：「謝謝兩位今晚告訴我這事，改明日等婉兒爹和婉兒回來，我定然好好問個清楚。」

五奶奶嘴唇動了動，剛想開口再說，門外恰好傳來大黑的幾聲狗吠。

「娘，咱家雞舍那邊好像不太對勁！是不是有人來偷雞了呀？您快來瞧瞧！」薛敬的聲音從不遠處傳來，打斷了幾人的談話。

五奶奶低頭冷冷一笑，立起身子，假惺惺道：「婉兒娘，妳看，這時辰也不早了。今晚我們就先回去了。待到明日，我叫上三奶奶再來。咱們可得好好說道說道此事。妳呀！也上點心，可別敷衍我這老太婆呀。」

陳氏手裡一緊，抿起嘴唇，眼神中透出幾分沈重。「好，我送送兩位吧。五奶奶和巧明嬸都慢些走。」

三奶奶比五奶奶更難纏，輩分也更大，動不動就會嚷著請族規懲戒這個、懲戒那個。之前好幾家的媳婦都因各種事吃過她不少虧，挨過尺子，甚至還跪過祠堂，後來那幾戶人家的長輩悄悄往她那兒塞了許多銀子，事情才擺平。

陳氏知道，五奶奶聯合三奶奶來找事，明日鐵定不好這麼敷衍了事的。

五奶奶走後，陳氏拉著薛敬進了屋。薛敬見她將門閂拴上，才露出擔憂的眼神。

陳氏輕輕拍了拍他的肩，正想說些安撫的話，不想此時又有人來叩門，陳氏走到院子門口，開門與那人小說了幾句，那人便興沖沖地走了。

陳氏回了屋，對著小兒子展顏一笑，道：「好孩子。娘知道你方才是故意讓大黑叫的，好引開五奶奶她們口舌上的糾纏。別擔心，方才鎮裡來人捎口信了，說你爹和姐姐明日便回。」

薛敬聽聞，臉色瞬時明朗起來，笑得露出一口細白牙齒。

翌日清晨，太陽剛剛將籠罩在鄉里田間的晨霧驅散，薛家門口便來了兩名婦人。其中一人就是昨夜來過的巧明嬸，另一個則是周家嬸子。

巧明嬸見薛家的院門敞著，也沒進門，就在院門外伸著脖子喊了一嗓子。「婉兒娘，我來知會妳一聲，三奶奶讓妳一會兒去她家一趟！」說完也沒等陳氏回話，直接扭頭就和周家嬸子離開了，態度很是傲慢。

陳氏正在洗鍋，聽到巧明嬸的喚聲，身子頓了一下，轉頭望向門外時，那裡已經沒人了。

不是說三奶奶會上門嗎？怎麼沒來，反而是把自己喚過去？

陳氏的眉心微微皺起，聽說要去三奶奶家，她預感事情可能比她料想的要更棘手。

將手擦乾，陳氏整了整衣裳，將薛敬叫到身邊交代道：「恰好你今日私塾裡休沐。娘一個人去三奶奶家，你就待在家等著你爹和你姐姐回來。」

薛敬眼神複雜地點點頭，跟著她的腳步送到院門口，依然不放心，在門口站了好一會兒，直到看不見她才轉身回屋。

第四十一章

三奶奶家在村子的中間，院子修得很大。應是剛剛清掃完，地上還有未乾的水跡。堂屋門口單獨開了兩塊菜地出來，牲口棚子裡養了一頭牛、隔開一面柵欄則有三頭豬，棚子外面還有一個雞舍，可見家中殷實。

陳氏站在籬笆牆外理了理頭髮，抿著嘴唇深呼吸了兩下，才躊躇地往三奶奶家的堂屋走去。

距離堂屋幾步，已能很清晰地聽見婦人們的談笑聲。什麼「村東頭的王家女剛剛訂親」、「村西頭的李家抱回兩頭小豬仔」等等，甚是熱鬧暢快。

陳氏剛來到堂屋門口，許是裡面坐著說笑的幾人都瞧見她了，笑談聲立即止住。七、八雙或大或小的眼睛望過來，一時誰也沒出聲，氣氛瞬間變得有些微妙。

「婉兒娘，快進屋。外頭冷。」率先開口招呼的還是族長的弟媳婦，一個年約四十、慈眉善目的婦人。陳氏心想，這是怎麼了？怎麼連族長的弟媳婦都過來了？可見今日所談之事不簡單。

三奶奶和五奶奶略微皺了皺眉，倒也沒說什麼。

陳氏感激地朝她望了一眼，這才提著裙襬跨過門檻，進了屋。

屋裡沒有多餘的凳子，陳氏只能站著。哪想還沒喘兩口氣，卻聽站在五奶奶身旁的巧明嬸開口道：「三奶奶，您瞧瞧，昨日我和娘一起去的薛家，都沒瞧見薛婉那娃兒在家。咱說的都是真的，可不會亂騙人呢。」

陳氏一聽，藏在袖子裡的雙手不禁稍稍握緊了幾分。她早已料到今日被叫來三奶奶家，肯定不會有什麼好事。但沒想到一進門，連緩口氣的時間都不給，就要直接面對挑釁。

三奶奶帶笑的嘴角緩緩收住，瞇起原本就不大的精明小眼睛打量了幾眼陳氏。見她沒急著開口辯解，只低眉順目地等自己的問話，心裡稍微舒坦了些，心想這會識字的婦人，到底要比普通無知村婦能沈得住氣。

她淡笑道：「婉兒娘，我也是偶爾聽到五妹妹提了兩句。故而今日叫妳過來問個話。」

陳氏深知這老婦人的心機，曉得她的話尚未說完，只是輕輕點了下頭，等她繼續往下說。

三奶奶對她的表現頗為滿意，才接著說道：「近來我也聽到不少風聲，說妳家婉兒跟著她爹在縣裡的木匠鋪子做活？」

陳氏抿了抿嘴，輕輕點頭承認了。這事已經傳到了三奶奶耳中，那就沒必要再瞞著。若是不認，三奶奶定然會覺得自己在敷衍她，不把她放在眼裡。

三奶奶見陳氏沒有敷衍自己，語氣和緩道：「照理說，家中女娃幫著爹娘去外頭做事，只要不過分，村子裡都不會多加阻攔。可我聽說那木匠鋪子裡都是男的？」

陳氏猶豫片刻，才道：「多半是。我沒去瞧過，只聽婉兒爹這麼提起過。」

三奶奶的眼睛眯得更小了，內裡悄悄聚起精光，說：「我想也是。木匠鋪子嘛，木匠的手藝都是傳男不傳女。」

三奶奶頓了一下，見陳氏的嘴角已悄然繃起，知她是怕了自己的，這才又說：「婉兒畢竟是已到議親的年紀，長久待在木匠鋪子裡終究不是件事。她不僅是她自己，她在外頭的言行舉止，是會影響咱們青山村裡所有女娃的聲譽的。妳呀，若是下次妳家閨女回來，就叫她趕緊回來吧。別老往那男人堆裡湊，就算有她爹護著，這沒出嫁的女娃也不適合總和男人們一起共事。」

陳氏眨了眨眼睛，琢磨著三奶奶居然這麼容易就放過婉兒，似乎不太可能，於是仍舊不敢放鬆，只柔聲道：「曉得了。婉兒一回來，我就與她說。」

要說陳氏還是聰明的。三奶奶的話只是剛開了個頭。

接下來要說的，才是陳氏真正憂愁的。

只見三奶奶抬手按了按花白的鬢角，笑咪咪道：「婉兒成日在外這麼跑，想必是親事還未決定下來吧？不然哪還有心思在外頭瞎跑。」

陳氏的心不自覺一緊，遲疑著微微點頭。

「若是訂了親，夫家人怎能不管？」三奶奶說著，笑著與坐在她對面的五奶奶使了個眼色。「五妹家裡最近來了個遠方姪子，在咱村裡住了有個把月。妳也是知道的吧？」

陳氏心頭一沈，念頭極快在腦中閃過，立刻明白了昨晚加今日這一齣大戲究竟是出於什麼原由。一時之間，心裡像是壓了塊大石頭，沒敢接話。

三奶奶想是已經與五奶奶商量過了，不管陳氏是什麼表情和心思，只悠悠道：「要說我五妹家這個姪子雖然年紀大了些，如今二十有三，但是個種地好手。若不是家中遭了旱災，斷不會來投靠五妹。他在咱村子的莊稼漢裡，論人品相貌，絕對是不差的。妳家婉兒如能許給他，將來就住在村子裡，離妳可近呢。五妹也會多加幫扶他們夫妻兩口子。我覺得這兩人倒是挺合適，妳看呢？」

陳氏卻想，三奶奶所述不盡然是真的。她沒提那男方家裡還剩什麼人，為何隻身一人遠離家鄉來投靠五奶奶？又為何年紀如此之大還未娶親？所瞞之事必然不少。如此掖著瞞著，此人一定十足不可靠。至於村裡為何這麼多待嫁女子不挑，唯獨瞧上她家婉兒，想必也是聽聞她閨女有點本事，能為家裡掙錢吧……

她這個做娘的，可千萬要睜大眼睛，把女兒的終身大事給看好了。於是這次不再乖順，只將話講了個明白。「三奶奶，我家婉兒其實已有在議親的人家，只是還未最終訂下親來……」

不想三奶奶驟然收起笑臉，打斷她道：「那就是還不算成。便是別家的人家說了媒，也還能說得。是不？」

陳氏搖了搖頭，還未來得及開口解釋，又聽三奶奶說道：「婉兒娘是覺得我這個媒人說的人不夠合心意？」

陳氏不敢貿然回答，生怕激怒這老婦人，只得低頭慎言道：「可不敢這麼想。」

巧明嬸見陳氏有些服軟，連忙插話道：「婉兒娘不妨回去多思量思量，這門親事可是三奶奶想保的媒，別戶人家的閨女想要還要不到呢。」

周圍的婦人們也都出聲附和。「是啊，婉兒娘。反正妳家婉兒還沒訂親，多一個人能選，也是好事啊！」

五奶奶見施壓已見效，才笑呵呵地出聲道：「婉兒娘，我姪子人真的挺好的。

若是婉兒能嫁給他，不就等於是留在妳眼皮子底下嗎？妳還怕今後照顧不到她？」

陳氏真是有苦說不出。和婉兒正在議親的豈是普通人家，在事情沒決定之前，她哪裡敢往外透露半個字？就算說了，別人也定然不信，說不定還會招來一大片冷嘲熱諷。

她正在頭疼之際，門外忽而傳來一聲清脆熟悉的少女聲音，由遠到近，不一會便來到身旁。「三奶奶、五奶奶、各位嬸子們好。冒昧前來，實在是家中有要事需要我娘回去打理。」

陳氏提了半天的心不知不覺放下一大半，欣慰的朝身邊望去，果然是自己多日未見的女兒回來了。

薛婉早已換下在縣裡穿的工服，穿著尋常農家女兒經常穿的粗布碎花裙，腰背挺得筆直，朝她俏皮地眨眨眼後，對在場的各位長輩行了一個大禮。

巧明嬸本想諷刺薛婉幾句，說長輩找她娘談話，她怎可上門打擾，可見她禮行得規矩又及時，讓她想要挑刺沒挑成，只能從鼻子裡輕輕哼了一聲。

「本不該這時候來打擾三奶奶、五奶奶和各位嬸子與我娘說的事，但家裡人少，我爹不方便來，我弟來的話又顯得不夠慎重，故而我才硬著頭皮過來，還望諸位莫怪才是。」薛婉柔柔一笑，一邊說，又一邊給在座的婦人們彎腰賠了不是。

三奶奶和五奶奶見她舉止莊重，即便有氣也沒法發作，只得淡淡地應了一聲，又問：「妳家中何事，要妳非在這個時候過來？」

薛婉的嘴角輕輕翹起，嘴唇微動正打算說話，卻聽有喧騰的銅鑼聲從遠處隱隱傳來，一聲疊過一聲，一陣急過一陣，連綿不絕如滾滾潮水般撲來，動靜顯然不小。

原本坐著的七、八位婦人都不自覺地立起，站得離門最近的周家媾子蹙眉凝神聽了一陣，恍然大悟，首先跳了起來，顫聲呼道：「不得了，不得了了！這是官家的鑼聲！這是官家的鑼聲！」

婦人們一聽，瞬時有些亂了手腳。妳看看我、我瞧瞧妳，臉上紛紛顯出或惶恐、或興奮的神情。

「出、出什麼事了？」

「妳問我，我去問誰？」

「像是大事情！」

「走，走走，快跟著出去瞧瞧！」

「我、我可不敢，妳若想瞧熱鬧，那妳走前面。」

七、八個婦人提著裙子蜂擁而出。

陳氏見眾人突然離去，聽見外面綿綿不絕、越發響亮的鑼聲，心潮逐漸澎湃起來。

當發現那一行穿著靛色吏服的人敲著鑼朝村尾方向疾步行去的時候，她又不免覺得心驚肉跳。村尾……自己的家，不就在村尾嗎？

不知怎麼的，陳氏心頭忽然想起近幾月那不太「安分」和「太平」的閨女，遂焦急地望了她一眼。該不會是婉兒在外頭捅了什麼婁子惹下大禍了吧？思及此，她頓時臉色煞白。

這究竟是出什麼事了？看這興師動眾的場面，也許真如巧明嬸方才說的是有「大事情」要發生了。

薛婉接到她詢問的眼神，笑著對她輕輕搖頭，示意她不要擔心。陳氏也鮮少見到這麼大的排場，來不及多問，便拉起女兒的手，朝前方人群擠去。

顧不得前方擁鬧嘰喳走著的婦人們，陳氏一改往日溫吞模樣，露出難得的焦急面色，撥開幾名婦人，提著裙襬拽著女兒，一路小跑著奔向村尾。「煩勞各位姐姐、嬸子，請讓一讓。」

周家嬸子一看她那失了方寸的樣子，心裡止不住樂，對身旁的巧明笑道：「瞧瞧，我就說她家那個閨女是個不讓人省心的吧。近來行事那般囂張輕狂，遲早要惹出禍事來。」

巧明嬸也捂嘴偷笑。「可不，興許這禍事已經來了。而且，瞅著還不小呢。」

經過他們身旁的薛婉淡淡地瞥了兩人一眼，從兩人身旁匆匆而過。她本來不想跑，但架不住被她娘拖著，因此只能跟著跑。

族長的弟媳婦走在一旁，聽這兩人說的話有點不太像樣，心想：難道村子裡的女娃出了事，村人不會跟著丟臉嗎？

於是好言勸道：「二位妹子，以前官家鳴鑼報事，有時候是壞事，有時候也是好事。事情還未明朗，先不要如此說。若真是禍事，那對咱村子的老老少少，也不是什麼光彩事。家裡的子孫們可都難免要遭十里八鄉的口水禍的，妳們說是不？」

周家嫂子和巧明嬸一聽，這話的確在理，自己家裡也還有好幾個小的呢。遂臉色一僵，尷尬地扯了兩下嘴角，彼此噤了聲。

鑼聲喧天，從村頭一直「噹噹」的響到村尾，直到薛婉家門口方才止住。

村子裡的男女老少聽見鑼聲，但凡在家裡的，早就跑出了屋子，跟著官差們後頭一邊嗡嗡小聲說話、指指點點，一邊伸著脖子等著瞧熱鬧，幾乎將薛婉家圍得水洩不通。

陳氏拖著女兒氣喘吁吁跑回家，見一眾官差威風挺拔地立在院子裡，急得想進又不敢進。還是薛婉笑嘻嘻地將她拉進院子，她才勉強跟著回到家中。

第四十二章

出了這麼大的動靜和聲響，薛家的兩父子，薛南和薛敬也不可能老實待在屋子裡。

兩人早早就出了堂屋的門，站在院子裡朝院門外頭張望。

這回見到陳氏母女回來，薛南雙眸放光、滿臉喜意的將兩人拉到身邊一同立定，彷彿知道接下來會發生什麼事似的。薛敬雖是看不出發生了什麼事，卻也乖巧淡然地跟在父親身旁。

有那機靈的村民與身邊的熟人悄聲說道：「聽說薛家的女兒極為靈光，莫非這次是好事？」

熟人嗤了一聲，很是不以為然。「極為靈光？不是聽說極為不安分嗎？靈光什麼。」

村民笑罵說：「好歹你也是漢子，別老光聽村裡的婦人們瞎叨叨。你想想，之前的那什麼犁、還有耬車，不都是這丫頭折騰出來的？」

「怎麼變成這丫頭了？不是她爹整出來的嗎？」

村民道：「你傻啊？她爹一直都會點木工活，但以前他爹一個人時，為什麼沒弄出來？偏偏他家閨女性情大變，和他一起折騰後，她爹就突然變得厲害了？」

熟人恍然一悟，不由得連連點頭。「嘿。你別說，這麼一提，好像真是這麼回事！」

機靈的村民表情得意洋洋，又解釋。「以前薛家這閨女就怪，但她從不冒頭，咱也不清楚她究竟有沒有本事。如今一段日子，她冒頭了，不躲家裡了，這種本事有沒有，自然也不會那麼容易被瞞住了。」

熟人已完全被洗腦，點頭如搗蒜。「對對對，老弟你說得太對了。」

還沒等這兩人討論出到底是什麼事，立在院裡的官差們已然排好隊形。其中一位穿黑色吏服，看似領頭的差吏抬手正了正吏帽，將視線轉到薛婉臉上停駐片刻，見她一臉淡然、雙眸清明靈動，讚賞的對她點了點頭，後才拱手對薛南及陳氏行了個簡禮，客氣的向兩人正聲問道：「敢問二位，薛婉薛小姐，可是令嫒？」

陳氏微微愣了一瞬，迷惑地瞥了眼身旁嘴角微彎的閨女。薛南卻喜形於色的急忙點頭。「哎，是，是。」

差吏點點頭，忽的肅然而立，從身後的小吏手裡雙手接過一卷滾銀裹邊的卷軸，向薛南夫婦及薛婉朗聲說道：「恭賀，恭賀。薛小姐因在農具改製上屢創佳績，今歲周邊幾個縣的春耕及收成，皆因其所製的新犁與耬車而獲益頗大。經知州陳大人細查之下，方才得知是您家明珠之手筆。故而特頒此榮牌，以茲褒獎。還請幾位趕緊跪下接此殊榮吧。」

差吏的話說到此處，周遭圍著看熱鬧的鄉里鄉親們已然群情湧動，只聽竊竊私語聲從院外不停傳來。

有個漢子嗓門大，脾氣直爽，開口便問：「啥？怎麼可能會有這種事？」

又聽一個年輕的男娃聲音響起。「收成好？收成怎麼就好了？不是改製的新犁和耬車嗎？那不是就用來犁地和播種的嗎？」

男娃的娘拍了一下他的後腦勺，教訓道：「地犁得透，莊稼才能長得壯，收成自然會好。你別成日遊手好閒，年紀也不小了，該和你爹學學種地了！」

一個年長婦人忍不住捂嘴嘲笑道：「老薛家這回可有得後悔了。當初不是瞧不上這女娃嗎……」

那婦人身旁的另一位嬸子笑著瞥她一眼，接著補刀。「妳就少說幾句吧。妳沒見她家奶奶的臉都黑了嗎？」

有人發出欣羨的感嘆。「真不得了啊……沒想到薛家還能出個光宗耀祖的女娃娃來。」

又有那年歲不小的老者在一旁念叨。「可不是嘛。榮牌豈是那麼容易得的？我記得已經快十多年沒聽說咱們縣有誰得過它了。」

各種聲音，不勝枚舉。

不似陳氏那般意外，也不似薛南那般喜得顧不得其他，開懷得連眼睛都快笑沒了。內核是「外來穿越人口」的薛婉尚且保留了幾分理性。她快速地掃了一眼院門外擠的眾人，見周家嬸子一臉菜色，方才氣焰還很囂張想要看好戲的巧明嬸，此時也是滿臉尷尬。

薛婉在心裡悄悄吐出一口氣，暗嘆一聲「何必」。有些人就是這樣，見不得別人好。明明可以是「你好我好大家好」的鄰里關係，非得因為各種雞毛蒜皮的事尖酸刻薄，才弄得難以收場。

她和薛南一大早趕回來，也正是因為提前得知了這個大好消息。

昨日縣裡有小吏去木匠鋪子報信，早已將此事告知了父女二人。

當時薛婉才得知，這個時空裡所稱的「榮牌」，是知州及以上等級的官員頒給一些有特殊貢獻平民的一個榮譽稱號。

平民得此稱號，可免稅賦十年，他的兄弟或子女之中若有讀書人，還可免去私塾先生的保薦，直接參加童生試。

當今聖上剛登基不久，極重視農耕及屯糧，正是想要借農事拔擢人才、鼓勵百官之時，知州陳大人則因在其所轄的白雲縣內，於農具的創新及改進之上頻出佳績，又有老天幫忙，收成比去年好了不少。

兩利夾匯，陳大人的官位得以晉升。他心情大悅，便有了「賞賢能」之心。幾番下查細問，再加上白雲縣令及官匠們毫無隱瞞的上報實情，這便成就了薛婉的今日之榮。

隨著差吏高聲宣讀榮牌的牌文。「薛家有女，極聰慧敏睿，通匠事，績斐然，廣見聞，特以榮牌賞之，免稅賦十年……」

四周不時傳來鄰里們豔羨不已的嗡嗡細語聲和驚訝的抽氣聲。

「怎麼樣，我說吧。薛家這小丫頭可是不得了了！」

「想來大難不死必有後福，還真是應在她身上了。」

「我家丫頭若能這般出息，她想怎麼折騰我也隨她了！」

「別羨慕了。怎麼說這丫頭也是咱們村裡的，這說明啥？說明咱們這兒地靈人傑。就算是個女娃娃，也能光宗耀祖！」

「哎哎！還是這位長者眼界廣，這回說的一點都沒錯！咱們都能跟著沾沾光了。以後家裡的娃子去外頭村子說親，都能高人一等呢。嘿嘿……」

薛婉與家人乖順地恭聽牌文，可她的心思卻飄到了別的地方。因為這些文謅謅的官方言辭，讓她不自覺地聯想起心裡的那個人。

此時此刻，她覺得這種感覺非常奇妙。是不是只要對一個人動了心，就會時不時地想起他呢？

還沒等到念頭變得旖旎，她的袖子被輕扯了一下。薛婉回過神，發現旁邊挨著她的弟弟朝她使了個眼色。

順著薛敬的眼神瞧過去，薛婉心神一凜，終於弄明白小傢伙為何提醒她了。

原本臉黑沈沈的奶奶孫氏，此時居然在笑？

這太不正常了。按薛婉對奶奶的理解來說，奶奶應該不願意見到她出息才對啊！畢竟他們分了家，奶奶和她娘的關係又弄得如此僵，那她肯定也不會高興，至少也該表現得比較困惑才對。可此時這詭異的笑容是怎麼回事？

薛婉登時感到一陣頭疼。

這老奶奶，又不知道想要整出什麼么蛾子呢……因為她的眼中，明顯透著算計。

待一眾官吏辦完事走遠，家門口仍是零散的停留著幾個鄉鄰不願散去。他們三三兩兩聚在一起，小聲地聊著剛才發生的事，臉上都帶著或濃或淡的笑意。

薛南喜孜孜地走出院門，還順手在院子裡的竹筐裡抓了一大把紅薯乾分給那幾個鄉親，順帶也與他們聊了幾句。

陳氏長長地吐了口氣，似乎還沒從方才的事情中緩過神來，但是眼睛裡已經亮起了星星點點的光。

薛婉知道她心底是極為高興的，於是走過去，笑盈盈地輕挽住陳氏的手，側仰著頭俏皮地望著她說：「娘，這下您安心了吧？我可沒闖禍喲～～」

陳氏伸指在她額頭上輕點了一下，寵溺地說：「鬼靈精，瞧妳這般，是早就知曉了吧？」

薛婉吐了吐舌頭。「嗯，也不早，就昨晚剛曉得的。」

陳氏緩道：「我還道妳近來幾月性情大變，行事跳脫，心裡頭不由得擔心害怕。可從此事看來，妳呀，內裡還是沒變，心思深藏得住事。這麼大的事，也不曉得早點告訴娘。」

原來她一直被娘關注著呀！

薛婉心裡一抖，面上卻打哈哈道：「這不是想給娘一個驚喜嘛。」眼神往旁邊一晃，忽然瞧見安安靜靜、不言不語的薛敬，用手指了指他，又對陳氏說：「再說，咱家可不就我這般。娘看，阿弟也是這般呢。」

陳氏順著薛婉的手瞧過去，亦是心神一亮。只見自己的小兒子正背著兩隻手，沈著地立在一旁靜靜地望著母女倆說笑，毫無一般農家小子的活潑頑皮，唯能從他的彎彎眉眼和翹起的嘴角看出此刻他的心情很好。

陳氏捂嘴輕笑起來。「哎喲！都怪娘，把你們姐弟倆都養成如此怪異。」

薛南從院子外頭進來，一見三個人都是樂呵呵的樣子，嘿嘿笑著搓搓大手。「喲喲！說啥說得這般興致？可不能忘了我。」

一家人正歡喜著，卻見薛春生垮著一張臉走進院子裡，悶悶地與四人打了一聲招呼，便對薛南說：「叔，奶奶叫我來喊你和嬸子去老宅一趟。」

薛春生一直都是向著自己家人的，薛婉見他眉頭緊皺，便猜到奶奶果然想要搞事情了。

趕著這個時間來找自己爹娘過去，繞來繞去無非就是和自己的親事有關的吧？村裡的女娃，一般都會避開長輩談論自己的親事的。一方面是規矩如此，另一方面也是女兒家面皮都薄。

薛婉卻反其道而行之。自己的親事自己怎麼能不知道？於是她走到薛春生旁邊，大方地問道：「春生哥，奶奶是不是要給我說親呀？」

薛春生愣了片刻，露出驚訝的神情後，遲疑地望了一眼薛南。見薛南點頭，才對薛婉說：「還是婉兒妹妹聰明，那我還瞞著啥？沒錯，奶奶想把妳說給她娘家表姐的兒子。」

陳氏的臉色也當場沈下來，問薛春生。「是不是一個叫海生的？長得瘦瘦高高的？」

薛春生抿著嘴，僵硬地點了點頭。

薛南長長嘆了口氣，懊惱地蹲在地上擼了一把頭髮，低下頭悶聲道：「唉！娘這是想做啥咧？」

薛婉見三人神情不好，在腦子裡挖了一下原主的回憶。這才依稀得知，那個叫海生的相貌還行，家境也和自己家差不多，就是有點好吃懶做，他甚至幾次偷了村人的貴重東西，後來被發現了，挨過村人的打。

好吃懶做就算了，但偷東西是人品問題。這不能忍。

薛婉得知後，神情不變，笑咪咪的對薛春生道：「春生哥，無須煩惱。這件事，奶奶做不得主，更加說了不算。」

薛春生再次訝異地望向她，眼裡明白透露著「為何」兩字。

薛婉淡定地瞧著他，抬手往院子東面一指，瞬時笑靨如花。「聽。」

薛春生靜下心來，凝神細聽，果然聽到有一陣馬蹄聲，自東面隱隱傳來。

等等，為啥有馬蹄聲？薛春生納悶了。

鄉下地方，代步的頂多是驢子、牛車或者騾子。怎麼會有馬？莫非是從縣裡來的？

除了快笑沒牙的薛南和笑得意味深長的薛婉父女二人以外，薛春生和陳氏都好奇的朝東眺望。就連一直沒怎麼說話的薛敬，此刻內心也跟著有些雀躍起來。

只過一小會兒，就見東面的村道上駛來一輛馬車。馬車並無金輿錦駕，僅是一輛極為尋常的馬車。但在車輿的四個角上，分別懸掛著一對紅繩編製的鴛鴦，鴛鴦下方還有一個「囍」字結。

不用多說，就算再怎麼沒見過世面的人，也知道這是什麼馬車了。

薛春生漸漸瞪圓了眼睛，有些難以確定地問道：「這是……官媒的馬車嗎？」

薛婉嘴角翹得更明顯。「是，春生哥說的沒錯。」

薛春生嚥了口口水，默默地站到院子邊緣，閉嘴噤聲了。

無須多問，薛婉方才沒說大話。能請得動官媒作媒說親的，都是縣裡的富貴人家。

驚訝的除了薛春生之外，還有那些同村的鄰里鄉親們。剛看完一場大熱鬧的鄰里們顯然意猶未盡，有一點風吹草動就心裡癢得不行。這次來了輛官媒的馬車，想必又有一場熱鬧可瞧了。幾戶離薛婉家較近的人家，紛紛走到自家院子門口，齊齊伸長了脖子朝薛婉家望去，眼中眸光熠熠閃動，八卦之心昭然若揭。

陳氏剛剛經歷過一場大事，現下見官媒馬車款款而來，倒也淡定了不少。雖然心中仍有些緊張，面上卻很是鎮定自若。

薛敬抬頭朝自家的爹和姐姐看了一眼，微微低下頭，瞇起眼睛，遮去眸中笑意。他知道，家裡很快又要有好事了。

第四十三章

馬車停穩，車夫先一步跳下車，擺好腳蹬。不一會兒，車簾子一掀，從內走出一位穿著紅底繡金銀牡丹花樣的胖婦人來。

陳氏走到車旁，並未先開口，只對那笑咪咪的婦人行了一禮，聽那婦人問道：「老婦在此有禮了，敢問這兒是薛婉薛小姐家嗎？」

陳氏微笑道：「正是。」她並未詢問何事，只耐心等這位胖婦人再次開口。畢竟媒婆上門，除了說媒還能是何事？

「那我可是找對了。」胖婦人抬手抿了抿鬢角碎髮，笑說：「那薛小姐，就是令媛吧？」

陳氏點點頭，將她往屋裡迎去。「是呢。老姐姐快請屋裡坐吧。」

薛南看了看四周駐足的幾位鄉鄰，陪在陳氏一旁搓著手也笑道：「對對。外頭可不好談事情，還請大姐上堂屋裡坐。」

薛春生早就看明白了，這是媒婆上門說親。於是也不多留，乾脆俐落地告辭回了老宅。

而薛婉一見這苗頭，識趣地去廚間沏了一壺熱茶。待眾人坐定，她也恰好端來了熱茶。陳氏笑瞥她一眼，薛婉立刻明白了親娘的眼神。這種時候，女娃不適合留在堂屋，於是低眉一笑，恭順地給那胖婦人行了個禮就退回了西屋。

胖婦人笑著上下打量了她一番，見她很是知情識趣離開了堂屋，便暗自點了點頭，端起熱茶啜了一口，這才扭頭對陳氏正式道明來意。「薛夫人不必見外，喚我一聲徐婆子就好。您可知我今日來意？」

之前薛南和陳氏提過兩句，因此她心裡有點數，便回道：「略知一二。」

徐媒婆微微仰頭一笑。「那我可省事了不少。是這麼回事，我呀這次來呢，是來給您家千金作媒的。」

陳氏含笑不語，卻明明白白地點了一下頭。

徐媒婆見陳氏靈透穩重，不似普通農婦，心下更是歡喜，興高采烈地接著說：「縣令公子對您家千金屬意已久，故而縣令大人及其夫人特地請了我來給他家作媒……」

縣尊府邸，窗明几淨的客室內，熏籠之上輕煙裊裊，茶香漫溢。

之前慣倚於茶几旁談事的當家主母陸夫人，此刻卻是正經地端坐於客室右側的檀木雕花凳之上，姿容端莊、嘴角含笑地聽著眼前的徐媒婆報事。

「哦？薛小姐家慈當真說一切都按照白雲縣的規矩來？」陸夫人待媒婆說完，確認道。

徐媒婆點頭。「沒錯，薛小姐的雙親都是這個意思。」

陸夫人笑望一眼身旁端坐的縣尊大人陸念，滿意道：「雖說這薛家是個平民，卻也是很本分知禮。」

陸念輕輕捻了一下鬍子，也滿意道：「確實。」

陸夫人欣慰的對徐媒婆道：「他家如此知禮，我們自然不會怠慢了他家女兒。況且，雖說薛小姐出身尋常農家，可她卻是剛被賜了榮牌的，亦不可當作普通農戶之女對待。」

徐媒婆連聲附和道：「正是，夫人說的正是。」

陸夫人凝眉沈思片刻，又對徐媒婆道：「如此。縣裡的官家子弟娶媳婦，皆行六禮。咱們陸家也無須例外，這些都按照慣例來便可。但聘禮裡還需多添置幾樣金銀首飾，以表我們陸家對薛婉小姐的重視。稍後我列張單子，著人給妳送去，妳看著辦吧。」

說著，陸夫人轉頭以眼神詢問陸念。

陸念對她微笑道：「一切單憑夫人做主便是。」

與陸家的井然有序不同，薛家這邊正熱鬧著。

李氏坐在薛家的堂屋裡，抓著一把花生，沒顧上往嘴裡送，笑著對陳氏問道：「婉兒娘，這下妳閨女的親事定了，妳也該安心了吧？」

陳氏微微一笑，感嘆一句。「是啊。我這懸著好久的心，終於能放下了。不過……這男方家境……」想到陸家那般高的門楣，陳氏的笑容頓時收住。又一個轉念，想起比自家閨女大不了多少的陶瑩先前的親事黃了，陳氏怕刺激到李氏，話便沒敢繼續往下說。

未料想李氏反倒比陳氏想得開些，主動開口道：「妹子妳別嫌我話說的直白。若說以前，妳家婉丫頭確實與那陸公子家的門第不太般配。可今日不同以往，婉丫頭被封了榮牌，身分自然與之前大有不同，與陸公子結親，絕對配得起呢。」

陳氏望向她，想回話卻又猶豫了。

李氏笑瞪她一眼，半真半假地斥道：「妳呀！就是想太多，操心的事也多。還不如妳閨女呢！」

見陳氏露出苦笑，李氏才饒過她，緩下語氣。「俺家瑩兒那丫頭最近可忙了，又要跟妳家敬哥兒學寫大字，又要給她爹拾掇趕集時要賣的小吃，哪來工夫唉聲嘆氣？每天都樂呵呵的呢。妳可快別瞎費神了。她還總把妳家閨女教她的話說給我和她爹聽，說啥，今日的不好不一定是往後的不好，也許正是今日的不好，才會成就以後的好。還說要多幫家裡賺錢，家底子厚了，她未來嫁與不嫁，都能養得活自個兒。就算要嫁，那嫁妝也能豐厚些、更體面些。是好事……聽得我倆暈乎乎的，被她念得多了，我和她爹的心也被念大了。」

說到此處，許是想起什麼有意思的事，李氏哈哈笑起來。陳氏見她眼底一片晴朗，再望向安靜坐在一旁憨笑的陶叔，見他臉上沒有絲毫的不快，這才真正安下心來，笑著念叨自家閨女。

「這女娃子，成天嘴上沒把門的，盡會說些胡話……」

兩家子人正說得興起，薛春生又上門了。在院門口敲了敲門，臉上流露著輕鬆的笑意。

「二叔，俺爺爺叫您回趟老宅咧！」

薛南興致正濃，聽到大姪子的喚聲，瞬時眉頭一緊，心想不知道自己那老爹和老娘又想給自己整啥餿主意。他與老宅分家有一陣子了，又時常被薛婉念叨洗腦。如今回頭看待老宅的人與事，便不再不假思索地蒙眼愚孝，也能明瞭幾分事理。

想起之前自己爹娘對待自家閨女，和其他幾個小輩相比，的確是有失公允，偶爾還會很過分，他心裡頭就悶得慌。然而那畢竟是自己的親爹、老娘，他又不能真的做什麼惹他們不痛快，於是往老宅跑動便沒剛分家時那麼勤了。

見大姪子走過來，薛南沒挪位置，只是懶懶地應了一聲。「春生啊，家裡這兒忙呢。你爺爺奶奶尋我有啥事咧？」

薛春生難得笑出聲，樂呵呵道：「二叔別擔心，爺爺奶奶就是想叫你去問問，看看婉兒妹妹備嫁有啥缺的不？」

薛南嘿嘿一聲，眼睛旁擠出不少褶子，露出略顯尷尬的笑容來。

陳氏佯裝瞪他一眼，對他點點頭，讓他快回老宅一趟，別讓小輩笑話。

知道大人們要談論自己的親事，出於遵守這裡的規矩，厚臉皮的薛婉也知道這時候一定要避嫌，於是便帶著弟弟薛敬躲到了陶家。

姐弟兩人正幫著陶瑩和陶彩磨豆子，忙得不亦樂乎。

薛婉用左手手背抹去額角的一滴汗，右手不停地轉著石磨，對身旁的弟弟道：「敬哥兒，再給磨裡加點豆子。」她用的這個小石磨是陶叔專門弄來給陶家姐妹用的，比普通的大石磨輕巧不少，給女娃用正好。

陶瑩將磨過一次的豆泥又放入石臼子裡搗得更細，對陶彩道：「彩兒，去看看灶裡的火，別讓它燃得太旺。」

「好咧。」嘴上答應著，陶彩卻先跑到薛婉的磨旁，深深吸了口氣聞了聞，嘆了一聲「真香」，之後才一蹦一跳地跑去廚房看火。

幾人分工明確，效率很高。才不一會兒，便已準備出大半的材料。

月餘之前，陶瑩聽了薛婉的話，將集市上常見的黃豆糕的配料進行了改良，不但將作為原料的黃豆磨得極其細膩，還加入了少許去年從山裡採來的野栗子、菊花和蜂蜜。

這些雖不是什麼珍貴的食材，但與別家的相比，卻凸顯出陶家的黃豆糕製作得更加考究與精緻。在市面上賣過兩次以後，陶家攤子賣的小食總能做得更好吃、更精良的名聲就漸漸傳開了。

既然陶家的吃食製作考究，那必然要付出比旁人家更多的精力。故而近來陶瑩拉著陶彩成日在家裡忙碌，日子過得竟比原先充實許多。

雖說就住隔壁，但薛婉也有月餘沒來，今日來了，兩個小姐妹見面，開心不已，一邊幹活一邊聊天。陶家簡樸乾淨的小院子裡，充滿了女娃們清脆如銀鈴般的笑聲。

陶瑩靦腆，就算知道薛婉訂親，也不會主動去問。

薛婉面對這種事，也是大姑娘上轎頭一遭，因此難得的有些害羞。兩人說來說去都是圍繞著怎麼做好吃的，場面十分和諧。薛婉暗自鬆了口氣。

可當薛春生的話隨著微風飄過來，吹進幾人的耳朵裡時，陶瑩與薛婉對望一眼，還是感到了些許的羞澀與尷尬。

陶瑩手下的活計不停，只微紅著臉對薛婉輕聲道：「恭喜。」

薛婉還沒來得及說謝謝，一直安靜的幫兩個姐姐幹活的薛敬卻微微嘆了口氣。兩個女娃都是細心的人，聽到他嘆氣，顧不得尷尬了，手上皆是一頓。

沈默片刻，薛婉才對薛敬柔聲寬慰道：「敬哥兒，姐姐雖然訂了親，可要出嫁，還得過好久。再說備嫁也要不少時間呢。」

薛敬抬頭望著親姐，點了點頭，沒說什麼。他知道，在這世間，女娃最大的幸福，就是能嫁一個稱心如意的相公。姐姐如今找到了這般好的人家，他千萬不能任性讓她為自己擔憂。

見薛婉眼中透出晶瑩清亮的神采，不難得知她是真心滿意自己的親事。於是薛敬垂下眼簾，掩去眸中喜悅與落寞交雜的情緒，乖巧地「嗯」了一聲。

陶瑩料想他捨不得親姐，便揚起笑容，望著他說道：「敬哥兒往後若是有空，便多多過來教我和彩兒念書識字吧。」

薛敬一愣，看向陶瑩，見她在陽光下明媚帶笑的臉，薛敬的心緒再次變得複雜起來。

姐姐很快便會嫁出去。如果連瑩兒姐姐以後也要出嫁，那兩家人的院子裡，就真的會冷清下來了吧？如今日午後這般歡愉溫馨的場景，想來也會不復存在了吧？如此一想，薛敬心底的落寞竟如秋日湖面被風吹開的漣漪那般，一圈圈、一層層地散開來。

原本農家的冬月，應是較為清閒的日子。條件還過得去的人家，大部分閒暇時間都用來圍在泥造火爐子旁，烤著火取暖閒聊呢。可今年薛南一家卻過得極為忙碌。

青山村裡，一般人家娶妻嫁女，在合過八字以後，行的都是大、小茶禮。大小茶禮之後，便是迎親了。可陸桓是官家子弟，按照當朝規矩，迎娶正妻，必須要行三書六禮。

陸桓的年紀已然不小，媒婆上門說親後，陸家隔了幾日便行納采之禮，挑了一對大雁、兩疋綢緞與兩擔禮餅送來薛婉家。尋常人家都用木雁，如此用活雁的，可是難得一見。納采當日，薛家裡外又圍了不少人過來瞧稀罕。

待送禮的官差們和取了薛婉庚帖的徐媒婆一走，薛南半點不得閒，跑進跑出，忙著招呼上門來瞧熱鬧的親朋和鄰里。光是更換茶水和吃空的瓜子碟，他就跑了好幾趟。

忙是忙了些，但他卻一點不嫌累。閨女找了戶頂好的人家，再累他都覺得值得。

以往有那幾個勢利的鄉鄰，這回羨慕得眼睛都要紅了。薛南面上不顯，內心簡直得意的要開出花來。

陸家從徐媒婆那邊取得她帶回的薛婉的庚帖後，很快便送去祖廟進行占卜。

占卜的前一夜，陸桓躺在床上輾轉反側，緊張得一夜未合眼。他生怕占卜的結果不好，族裡的長老們會因此反對這門親事。

抓心撓肺地熬過一夜再加一個清晨，陸桓雖未出房門，卻在房內坐立難安。別提早膳了，就連清水，他都不曾飲過一口。待前堂跑來傳話的小廝，說是占卜結果出來了，已交到正在前堂裡候著的老爺和夫人那裡了。陸桓便立刻打開房門，疾行而去，哪裡還有平日半點的雲淡風輕？

院子裡剛被攏到一處的落葉，被他經過時的風兒捲起，驚了老僕一跳。「少、少爺？」

難得見到如此失態的少爺，老僕愣了半晌，盯著空無一人的迴廊，終於反應過來，笑得滿臉褶子，自言自語道：「哈哈……難怪、難怪。看來以後那位少夫人，可是不得了啦！」

第四十四章

到了前堂，陸桓見母親愣了一下，隨後笑咪咪地望著自己，還將寫著占卜結果的籤紙舉起，晃了兩晃，他垂在身側的手總算是不抖了，連忙問道：「母親，結果可是好的？」

陸夫人原想與兒子玩笑兩句，但看清他俊朗的臉上那對青黑的眼圈，瞬間不忍心，只得柔聲點頭笑道：「這下如意了吧？瞧，是特吉的籤呢。」

陸桓大大鬆了口氣，心中的大石穩穩落地後，難免自嘲起來，這可真是……就連省試時，他都沒有這麼緊張不安過呢……

冷靜下來後細思，她頓時了然，省試畢竟由自己把握。可這占卜，卻是得看天意呢。

納采及問名之後，不出三日，陸家就遣徐媒婆過來納吉，並問能否於四日後下聘。

陳氏望著喜笑顏開的徐媒婆遞來的大紅籤紙和納吉禮單，欲言又止。

徐媒婆端起熱茶喝了一口潤潤嗓子，立即笑咪咪解釋道：「我知您想說什麼。

這日子呢……急是急了些，但的的確確是個大吉日。再說與納吉已隔三日，在咱們縣裡並不算失禮。有那些急的，只隔一日的都有呢。」

陳氏聽罷點點頭。她並不意外下聘與納吉之日相隔甚近，畢竟先前徐媒婆就和她打過招呼。她只是有些緩不過來，望著那紅色籤紙，她心裡忽然湧起一陣不捨。

徐媒婆見陳氏濕了眼眶，知她捨不得閨女出嫁，不禁嘆一口氣。

畢竟女子出嫁後，若要回娘家探望，都得看夫家臉色。或者便是和夫家鬧了不快，才會回娘家暫避。這也是無可奈何。

只得輕輕拍了拍陳氏的手，耐心寬慰道：「您吶，先別不捨。陸家這邊也就想趕在小年之前行納徵之禮。請期可要等過了明年正月呢。這迎親，更是要等過了明年秋收了。您家的掌上明珠，還能陪您大半年呢。」

原來之前薛婉家就與陸家商量過，陳氏擔心薛婉年紀尚輕，身子骨還沒長結實，怕她成婚之後早早便有了身孕，生子時傷及母體的風險會較那些十六、七歲才做娘的女子大，所以想多留她一年在身邊，待到明年秋收之後再進門。趁這一年，陳氏也想好好給薛婉補補身子。

原本，她還擔心陸家聽了會不大高興，畢竟陸桓的年紀不小了。但沒想到陸家一聽，深覺有理，竟十分乾脆的應允了。如此看來，女兒不僅是自己的心頭肉；未來的夫家，也是很護著她呢。

陸家之所以這麼急著下聘，無非也是求個安心和方便。在白雲縣，但凡下過聘禮後，六禮已過了一半多，於男女雙方家族之間往來多有便宜，且逢年過節互相送禮，也都算是合規矩了。

思及陸家對薛婉的體貼，陳氏終於露出欣慰的笑容，將紅籤紙和禮單禮品收妥，對徐媒婆道：「勞您轉告親家，這大半年，我一定好好教導小女，並仔細給她補身子。」

仲冬十八那日，金燦燦的日頭堪堪爬上天空，陸家來下聘的隊伍便來到薛婉家的小院子。

按照縣裡官家子弟下聘的規格，陸家的聘禮中，有金、銀、玉製首飾釵環頭面共計八副，分別用上好的紫檀木和楠木妝奩裝妥，上品杯盞茶盤白釉瓷器各兩副，中品青釉盤碟碗筷兩副，寓意好事成雙；綾羅綢緞合計十疋，寓意十全十美，又有上等絹布羽紗各四疋，寓意四季美滿。另還有一些海產、野味、糕餅、蜜餞棗子之類無法存放很久的吃食，一看便知這是用來孝敬未來岳父、岳母的。

且不說屋外跑來圍著瞧熱鬧的親朋好友，畢竟這是青山村裡頭一回見到這麼大排場的下聘現場。薛南忙著在院裡招呼來送聘的陸家家僕及官差的茶水點心，陳氏忙著與徐媒婆在東屋裡按著禮單來點算聘禮。

徐媒婆瞥了一眼坐在一旁的陳氏的婆婆孫氏，大嫂張氏還有她的小姑薛蓮，見這三人瞧見這麼多彩禮，均是呼吸急促、額頭冒汗，甚至連臉都紅了。孫氏擱在木几上的手輕輕顫著，而那薛蓮，更是一雙眼睛盯著金、銀、玉首飾恨不得噴火。

之前兩次徐媒婆來薛家時，都沒見這幾位露面，她就覺得陳氏與婆婆那邊許是有什麼難言之隱。今日再瞧這三位老薛家的模樣，心裡便有了數。婆媳之間相處，無論在官家還是農家，那可都是一門深奧的學問。

陳氏按照聘禮單子盤點完實物，翻過那張單子一看，居然還有兩個鋪子的地契和一張銀票，頓時有些傻眼。

徐媒婆瞧她臉色不對，立刻背著身後三位稀客，又悄悄用口形告訴她這些也是聘禮的一部分。陳氏方才見婆婆孫氏眼睛都快綠了，趕緊將這些單子收好。她很慶幸自己是識字的，若是不識字，照這禮單上寫的一一問出口，讓孫氏她們聽見，之後還不知有多少麻煩呢。

徐媒婆正差辦完，鬆了口氣。瞥了身後三人一眼後，心中對那三人很是瞧不起。原來她還奇怪怎麼這三位如此安靜，竟一言不發，再見她們見到開箱以後的彩禮表現，這才明白，她們想必是被這些聘禮給驚住了。

再瞧表面尚算鎮定的陳氏一眼，但見她眉目之間隱約可見心驚肉跳，想來她一位鄉下婦人，頭次見到官家下聘的規模，難免會被嚇住，就如旁邊坐的那三位。可好歹陳氏在面上未曾表露得像她婆母嫂子和小姑那般誇張，態度仍是落落大方，在一干村婦裡已著實算難得有點見識的了。

於是徐媒婆寬眉展目笑呵呵的對陳氏說道：「夫人，這些聘禮可不算過分的。陸家可是咱們白雲縣的頭一份，又是官老爺家，這些可都是按照官家規制來的，算不得鋪張呢。」

因為薛婉要嫁的是縣太爺家的嫡出公子，身為岳母的陳氏未來的身分自然不再會與尋常村婦一般。故而徐媒婆稱她為「夫人」，不算過分。陳氏起初不習慣，但在被她喚過幾次以後，也慢慢接受了這個稱呼。

聽出對方說的話是在讓自己安心，陳氏眼角不禁跳了兩下，努力使自己平復下來。她也知道徐媒婆所言非虛，普通農戶與官家富戶之間，在婚姻嫁娶之上本就有著天壤之別，遂點點頭，對徐媒婆道：「曉得了，徐嬸子今日有勞，趕緊坐下歇歇，我讓敬哥兒給您添茶來。」

說著，徐氏便轉頭喚了家裡的小兒子，讓去灶間取了早已燒好的熱水來泡茶。

直到這時，孫氏、張氏和薛蓮方才緩過勁來。薛蓮坐在孫氏的右側，悄悄拉了拉孫氏的袖子。

孫氏佯裝咳了兩聲，清清嗓子，對陳氏皮笑肉不笑的說道：「二郎家的，婉兒這回可是攀上高枝了。收下這許多的彩禮，妳可得仔細收著，小心可別讓村裡那幾個賊混子給摸了去。」

陳氏面露尷尬，無甚言語，只意思性的點了點頭。

這話雖是對著陳氏說的，徐媒婆聽在耳裡卻覺說的太不像樣，蹙起眉頭，心裡很是不喜。哪有做長輩的盯著孫女兒的聘禮看直了眼，還這般做派的？但這好歹是人家的家務事，她也不便插嘴。

又聽孫氏假笑幾聲，陰陽怪氣地說：「正巧呀。妳小姑子她婆婆再過幾日便要做壽了，這女人家的東西啊，還得女人自個送才貼心。妳說是不？」說著，一雙滴溜溜的眼珠子直繞著那幾盒金銀玉器上頭轉，見陳氏露出為難臉色，孫氏又添一句。

「再說妳嫂子家的兩個閨女也漸漸大了，女娃總是愛打扮的……」

陳氏還沒怎麼表現，倒把徐媒婆給嚇了一大跳。

好一個粗鄙無知又貪婪的老婦！

徐媒婆做了大半輩子的官媒生意，接觸的不是官家子弟，便是縣裡的富戶鄉紳。私下裡如何先不論，但如此這般在放聘當日當著媒婆面就明擺著要貪彩禮的，她可真是第一次見到。

她當即就聽不下去了，揚聲對陳氏道：「夫人啊！老婆子我做了大半輩子縣裡人家的生意，這跑到鄉下來說媒卻是首次。我不曉得鄉下是什麼規矩，可您家閨女要嫁的是縣令公子。在這兒我便說道說道，先不論那些吃食零嘴，可這些個穿戴用度都是要做陪嫁跟著薛小姐送去陸家的，以後可是您家小姐的嫁妝，是私產，亦是您外孫子、外孫女的老本。待您家小姐嫁過去後，縣老爺家的管事也得照今日這般的為她點算入庫呢。您可不能有半點疏忽。按照我朝律法，也是這麼規定的。」

這話雖是對著陳氏說，但實際聽眾卻是孫氏。

果然，這麼一大堆話砸過來，孫氏臉色訕訕的，再不敢說些有的沒的了。尤其是聽到徐媒婆的語氣中加重的「縣老爺」、「律法」之類的詞，她當即便息了心思。金銀固然好，可若是得罪了縣老爺，這以後的秋收稅糧、買地置田可都是要出大問題的。眼下可貪不得，只能等以後慢慢算計了。

陳氏感激地望了望徐媒婆，慎重地對她道謝，又說了幾句辛苦了之類的客套話。

一家人忙碌了整日，入了夜，總算能有工夫聚在火爐旁烤火休息。

薛敬練完字，見薛婉正拿著繃子苦練針線，問她。「阿姐，之前聽爹說，有個沈家公子家世富貴更勝陸家，妳為何沒選沈家，而選了陸家呢？」

聽到兒子的問題，躺在東屋休息的薛南安靜地翻了個身，而坐在薛婉身邊的陳氏停了手中的針線活，夫妻倆都不約而同地屏住呼吸，凝神細聽。

薛婉甩了甩有些發緊的手腕，放鬆心情對弟弟笑道：「因為陸家公子更能給我安全感啊。」再說，陸桓的相貌也是她理想型的。當然這句話薛菀沒說出口。

薛敬一時之間弄不明白，聽完後想了一會兒，才模稜兩可地點點頭，暗自將姐姐所說的「安全感」牢記在心中。

天色已晚，透過窗縫朝外望，俱是一片鴉羽般的夜色。冬夜的屋外分外寒冷，可薛婉的家中卻極為溫暖。火爐子裡燃燒的木炭偶爾發出輕微的嘶嘶聲，母親和弟弟圍在自己身旁，屋內一派安詳溫馨。

薛婉練針線練得乏了，剛放下繃子，卻聽得院子外傳來大黑「汪汪」兩聲犬吠。可兩聲之後，又變得靜悄悄了。緊接著，外頭傳來輕微小心的敲門聲。

大黑沒有持續叫，想必院外是來了熟人。薛婉按下打算去開門的弟弟。「我去吧。你再看會兒書。」

走到院裡打開門一瞧來人，薛婉登時眼睛一亮，一抹甜甜的笑容不自覺地爬上嘴角。「咦？怎麼是你？」

站在院外的俊秀書生整個人像是融在夜色裡，見到開門的人給他讓路，一對比冬月還清冷的眸子瞬間染上暖意，一邊放輕腳步走進院裡，一邊低聲道：「真冷。想起第一次見妳，也是在這般的冬日裡。」說著，眉目含情地望向身側的少女。

薛婉為他輕輕拍了拍浮在肩頭的一層薄雪，見他雙手提滿了東西，知他是來探望自己的。

白日剛下了聘，他晚上就趕來，可見是想念自己了吧？如此一想，薛婉雙頰悄然浮上一抹淡淡的粉色，幸虧夜色低垂，這才不至於叫他看出來。

陸桓沒等來薛婉的詢問，心內奇怪。於是藉著堂屋半掩的門內透出的暈黃燈光，靜靜打量她。見她嘴角微微揚起，顧盼之間，眸中盡是一片瀲灩波光，顯然是害羞了。陸桓的心裡頃刻間和灑了蜜般泛起甜意。

來都來了，總不好讓姑娘先打破這份羞澀的靜默。陸桓將手中不太重的一份包裹遞給她，聲音低沈而溫柔。「今日有親朋送了不少牛乳和牛肉來，聽聞妳愛喝牛乳，便送來些。」

薛婉對他露出甜笑，順手接過他手中的東西。「謝謝你。」又將他引進堂屋裡烤火。

兩人的關係今非昔比，陸桓已經是薛家的準女婿了，薛婉與他之間少了許多忌諱，便大方地收了他的東西。

第四十五章

薛南陳氏夫婦二人一看見進屋裡來的是陸桓，心中都感驚訝。

這……白日才剛下聘呢……

薛南愣了片刻，腦中才轉過彎來。敢情是陸公子憋了好久沒見著自己家的丫頭，專等今日下聘完過了明路，便急忙忙地趕來見上一面。

「陸公子這麼晚來，可有凍著？」他嘿嘿憨笑著招呼陸桓落坐，陳氏則微笑著與他打過招呼，起身去灶間倒了一碗熱呼呼的薑茶過來。

「無礙。多謝岳父、岳母。」陸桓朝他和陳氏規矩地行了禮，款款坐下。

時下下聘之後，男方便可稱女方的雙親為岳父、岳母。薛南聽著這個稱呼，高興地直搓大手，笑著對陸桓道：「快快，喝點薑茶去去寒氣。」

薛敬難得的有些拘束，喚了陸桓一聲「姐夫」後，便立到陳氏身旁一言不發。

薛南夫婦陪著陸桓寒暄了兩句，陳氏給薛南使了個眼色，意思是給二人一點說話的空間。薛敬看懂母親的眼色，先與陸桓辭過，便回西屋去睡了。

薛南此刻也極為知情識趣，與陸桓打了聲招呼，和陳氏進了東屋，只將東屋的門半開著，將堂屋留給陸桓和薛婉二人。

堂屋裡忽然安靜下來，只有火爐裡發出的些微聲響。薛婉悄悄看了眼陸桓，見他正在凝視自己，兩人目光在空中相遇兩秒，瞬間又都移開了，彼此都覺得很不好意思。

薛婉不自覺地抬手在臉頰旁搧了兩下。怎麼剛才不覺得這屋子裡有這麼熱呢？害她臉上燒得慌。

陸桓心裡酥酥麻麻的，心裡似乎有數根羽毛在撓。這種既想深深凝視心上人卻又忐忑羞澀的心情，當真奇妙。

靜默半晌，他才垂下眼簾，輕輕笑道：「許久未見。今日……就想來看看妳。」

薛婉紅著臉點點頭。「是挺久了。」

陸桓溫柔凝望她，又從懷中取出一個錦緞包著的物什，遞到薛婉面前。「前日陪家姐去珍寶軒，覺得這支簪子很配妳。」

薛婉遲疑片刻，心想「媽呀你家白天都送了我好多首飾了，我怎麼好意思再要呢」……剛想要推拒，又依稀想起在這裡，男子私下送心儀女子簪子，意義極為不同，就類似情定終生的意思。於是接了過來，打開包裹仔細的錦緞和精緻木盒，瞧見裡面是一支雕工精巧的翡翠蓮花嵌金步搖。

薛婉小心翼翼將它拿起端詳，蓮花邊的金色荷葉在暖黃的油燈光下閃著熠熠光彩。

「這……」這應該很貴吧……念頭一閃，薛婉突然覺得自己有些小家子氣，轉而笑道：「你送我這個，我一時都不知道該給你什麼回禮。」

陸桓很是欣賞薛婉的坦然大方，搖搖手，道：「勿急。等下次見妳，妳送我一個親手繡的荷包吧。」

薛婉愣了愣，歪頭瞧他。「下次？」

「到我們成婚，尚有許久，妳不會以為我只今日來見妳一次吧？」陸桓露出淡淡的苦笑。

「啊……下次、下次……好的。嘿嘿～～」薛婉微微吐了吐舌頭，恨不得打自己一下。

見她俏皮又害羞的模樣，陸桓很想要捏捏她嬌嫩的臉蛋。可如此於禮不合，他只是手指動了動，花了不少力氣才壓下內心的衝動，溫聲道：「時辰不早，我該走了，下月我再來拜訪。」

薛婉心裡倍感壓力山大。這……也就是說從明日開始，她要努力練習繡活了。

隔日，天色尚未明，薛婉就被自己親媽給叫起來了。

陳氏看著直打瞌睡的閨女，憂心忡忡。「婉兒，還有數月妳就要出嫁。從今日開始，不可怠惰。娘要將家裡的大小事務都教給妳。女紅，妳更是要勤加練習。」

原來昨晚陸桓來過之後，薛婉慢半拍的表現讓陳氏意識到自己女兒要作為新嫁娘，還有嚴重的不足。

知女莫若母，之前陳氏一直捨不得逼她，是心疼她撿回一條命，總想多寵她些。可眼下就算不捨，她也不得不提醒自己，女兒再過不久便要做人家兒媳婦了。薛婉在木工上有很多新點子，但家事料理頗為一般，尤其是女紅上的欠缺，一定會讓她成為笑柄。

薛婉瞧陳氏面色嚴肅，瞌睡蟲倏地跑了個精光。她知道陳氏說的一點沒錯。正所謂入境隨俗，要成為一個合格的古代家庭主婦，她明顯還差了很遠。雖說她要嫁的是縣令家的公子，往後應當不太有機會用上，可這種技能本該任何一個待嫁女子都必須學會的，她自然馬虎不得。

想到自己差強人意的生存技能，她慎重地點點頭。「娘，女兒知道您是為我好，女兒一定會努力的。」陸桓待自己如此真情實意，她可不能太丟他的臉，更不能讓親媽被別人說是沒教好女兒。

就這樣，在陳氏的督促下，薛婉開始了嚴苛的家事及女紅訓練。普通洗掃做飯，有陳氏的教導已足夠用，可要論起女紅，村子裡還是陶瑩算一把好手。

薛婉很好奇陶瑩年紀輕輕，怎麼能賽得過村子裡那麼多的年長婦人們。

陶瑩一邊教薛婉蓮花的繡法，一邊柔柔笑著解答。「早前我有個遠房姑姑，她嫁了一位繡坊掌櫃，跟著繡坊的繡娘們學了一手的蘇繡絕活。後來我奶奶有陣身子不好，她回娘家來住了一段時日陪她，我便跟著她學了一些皮毛。」

薛婉這才恍然大悟。原來是名師出高徒。難怪難怪。

薛婉本就是工科出身，雖說偏重理論，但若動手能力也絕對不差。之前女紅成績一直不好，也是她沒將此事放在心上，更沒下功夫苦練。可眼下不一樣了，她卯足了勁地跟著陶瑩日夜苦學苦練了數月，技術突飛猛進，已然得她三、四成功力，順利出師了。

當她拿著自己繡的最完整的一副成品去見陶瑩時，陶瑩驚訝地瞪圓了美目，笑著捏了捏她的臉。「好妳個婉兒，原來有如此巧手。若妳再苦練半年，必然能超過我了。」

「師父」檢驗後，薛婉又拿去給陳氏做最後審核。陳氏捧起她繡的荷塘月色的帕子，左瞧右看，喜得連連點頭，眼眶不禁濕潤了。

「好，好，真好。繡得都比娘好了。」

薛婉一聽，大大鬆了口氣，緊張許久的心這才放下。只要達到家常女子的平均水準，她就能過關了。

過了鶯飛草長、桃李芳菲的四月，天氣倏然熱起來，離薛婉出嫁的日子就更近了。

某日，薛南剛將陸桓讓來貴捎來的牛乳和海產收拾妥當，薛敬也下學到家了。不知是否近來總喝牛乳的關係，過了春天，薛南忽然發現自家的小兒子身高抽長了不少。年頭剛給他改的衣衫，眼下瞧著竟然有些短了。

薛南暗暗樂了會兒，心想女兒找的陸公子，還沒嫁人，已經讓自家小子得了不少好處。

近來陸桓雖忙，月餘才來一次，可總是隔三差五地派小廝來給薛家送東西。與薛婉成親之後，陸桓便要上京準備會試。換到京裡的學堂，課業勢必更加繁重。兩家早已說好，怕新婚燕爾難熬相思分離之苦分了陸桓的心，故而薛婉嫁過去以後，也要陪著陸桓一起上京，好照料他的起居。

陸桓得知薛婉的弟弟在讀書，便提起要讓薛敬跟著一起去京裡。屆時會由陸家隨行的管事一併幫忙為薛敬打理入學之事。薛南夫婦二人知道以後，高興到一夜未眠。

鄉下學子不似富貴人家的孩子，經濟能力有限，人脈也不廣，限制頗多，很難獲得良好資源。考中秀才已屬難得，若想再往上考，更是極為艱難，因為農家無論財力、人脈還有眼界，都遠遠不夠。這許多年來，光是白雲縣裡能中秀才的農家子弟，可謂鳳毛麟角。

每每思及陸桓的提議，薛南的心就怦怦狂跳。若是他們薛家能出個秀才，甚至舉人，那可真是燒了高香了！

望了一眼已隱現少年身姿的小兒子越發出落得挺拔儒雅，薛南頭一次有了即便今後要砸鍋賣鐵用上所有身家性命，也一定要讓他堅持讀書的念頭。

一家人忙忙碌碌的，邊為薛婉備嫁裁衣，邊迎來了碩果累累的金秋佳期。

這次秋收，薛南夫婦二人都堅持讓薛婉在家待著，儘量少出門。頂多允許她去田裡給他們送個飯菜已是極限，生怕她辛勞曬黑。

薛東見薛南夫婦忙得腳不沾地，於是帶著自家兩個壯實小子過來幫了幾天忙，幫助薛南一家順利地熬過秋日農忙。

秋收一過，喬老特意趕來給她送成親之禮。他帶著幾個得意徒弟，親手為她打了一套紅木箱籠，專給她裝四季衣裳和體己嫁妝的。

薛婉一家人見那套箱籠油紅發亮，木質細潤，雕花處又精緻古雅，覺得十分貴重，起先怎麼都不敢收。

喬老順了順鬍子，笑呵呵的像隻老狐狸，道：「貴重啊……不貴重，不貴重。小老兒我還等著薛姑娘曾提及的收割機圖紙呢。」

薛婉聽罷，當下了然，嘻嘻一笑，心安理得地收下了。

就在親朋好友迎來送往之間，時光如流水匆匆而過。薛婉出嫁的日子，在一家人既期盼又難捨的矛盾心情下，終於來臨了。

九月初二，天剛矇矇亮，薛家早已張燈結彩，屋裡屋外一片熱鬧喜慶。過來幫忙和恭賀的鄰里親朋已經將薛家不大的小院給擠滿了。圍觀瞧熱鬧的村鄰幾乎將薛家小院前後的幾條小路圍得水洩不通。

薛家嫁女，對青山村來說可是一件大事。畢竟薛婉可是被賜「榮牌」的稀有少女，而她要嫁的又是縣太爺家的公子，這就不單單是薛家的大喜事，而且還是給全村長臉的大喜事了。

一大清早，里正也跟著忙裡忙外，組織村人們將迎親的道路打理得十分整齊潔淨。

薛南樂得合不攏嘴，拉著薛東和薛春生幫忙招呼來看熱鬧的幾家熟客。薛老頭滿臉喜意地坐在院內喝著熱茶，聽著鄰里們的恭維。孫氏陰陽怪氣地坐在他身邊，嘴裡不住地叨叨著什麼。

陳氏待在薛婉房中，與從村裡請來的全福婦人李順媳婦一起為薛婉沐浴穿衣梳頭上妝。

李順媳婦一手拿著木梳，一手托著薛婉披在肩頭水氣未乾的青絲，一下一下的為她小心梳著，笑咪咪地念念有詞。「一梳梳到髮尾，二梳白髮齊眉，三梳兒孫滿地，四梳永結連理，五梳和順翁娌，六梳福臨家地……」

念到第二句時，陳氏在一旁悄然抹起眼淚。薛婉本來沒什麼感覺，但一見親媽這樣，再聽著那些俗語，內心竟忽然湧起一股深沈的感傷，眼眶不禁跟著濕了。

李順媳婦仔細的給薛婉梳著頭，見她此刻眼睛通紅，眼中噙淚將落未落，不免暗自感嘆。

這姑娘果然不是尋常農家女兒。她給別家的新嫁娘梳頭，多數早已哭得唏哩嘩啦，薛婉僅僅是濕了眼眶，可見是個心性堅強之人。

與薛婉要好的幾個女娃此時都坐在西屋裡陪她，見她上完妝，安慰她道：「婉兒啊，妳莫要傷心。以後若想妳娘了，可以回來坐坐呀。反正妳嫁得這麼近呢。」

薛婉原是能忍著，一聽這話，眼淚嘩啦啦就落下來了。

陶瑩趕忙道：「呀！婉兒妹妹再忍忍，不然好不容易上的妝都要哭花了。」

陳氏越發難過起來，悶聲哭著，狠狠抽了幾口氣，便再也忍不住，捂著眼睛奪門而出。

李順媳婦顯然見多了，只在一旁輕輕拍著薛婉的背，寬慰的笑說：「每個要嫁女兒的娘啊，這輩子都得哭這麼一回。若是沒這機會哭，那才要著急呢。」

此言說得風趣又實在，薛婉這才止住了淚意。房裡的女娃們嘰嘰喳喳的說著閒話，陪伴薛婉度過這最後的單身少女時光。

第四十六章

陳氏在門外平靜片刻，又再次進屋來。看見自己的閨女一身大紅喜服，打扮得猶如一朵盛放的海棠花，明豔喜慶，心裡既感傷又欣慰。

院子裡突然響起一陣歡騰的喧鬧聲，薛南高亮的笑聲穿透房門傳進屋裡。想必是迎親的隊伍到了村口。薛婉望著銅鏡裡的自己，面白頰嬌，薄唇殷紅，頭上的明月花冠璀璨華美，心裡湧起一股忐忑，放在膝上的手情不自禁地握了兩下。

李順媳婦不愧是個經驗豐富的全福婦人，待一整套梳洗化妝流程做完，待在院子裡等新郎隊伍的薛敬也正好來敲門了。

「阿姐，姐夫來迎親了。」

薛婉聽了更加緊張，不自覺地抓住來攙扶她的陶瑩的手。

此時，門外掛的鞭炮噼哩啪啦地響了起來。院裡傳來農家漢子們攔門的笑鬧聲。

詩詞歌賦什麼的自然是不可能有，因為農村裡壓根兒沒有誰會的。再說縣太爺家的公子，他們不好太為難，也真難有才學為難一個舉人。只聽幾個青壯象徵性地問了一點兒農時、農事的問題，陸桓溫潤的聲音隱約模糊地傳來幾聲，院門就被「吱嘎」一聲打開了。

薛婉的心跳越來越快。

不消片刻，她就要離開這個安逸溫暖的小家，嫁入村民們所認為的「豪門」了。她很難以這裡純粹的農家姑娘的心情去體會其中的興奮，反倒是心慌不安得厲害，畢竟她是半路來這個時空的，且在以前那個時空，她也從未經歷過這種事。

暗自調整好呼吸，薛婉轉換思維，把這次嫁人看作是「跳槽到了新公司」。這麼一想，那股坐立難安想要逃避的感覺總算被壓下去一些。

薛南在外面吆喝了一聲。「快開門咯！」

陳氏隨後便打開西屋的門。

按照青山村送女出嫁的規矩，薛婉要由兄長揹出閨門。薛婉沒有親兄長，便由堂兄薛春生代勞。

薛春生將薛婉穩穩地揹在背上，送到喜轎前的新郎官身前。院子裡，新的炮竹又被點燃，「噼啪」的熱鬧聲音響徹耳際。

陸桓一身大紅喜服，丰神俊朗地立在人群裡，眉目含情，嘴角噙笑。

四周的親戚鄉鄰們發出一片恭賀和笑鬧聲，薛婉乘機抬眸看了一眼陸桓，見他深情款款地對自己微笑，喜悅毫無保留的從那雙晶亮的鳳眸中透露出來。

薛婉臉頰一熱，趕忙垂下眼簾，心裡卻莫名擔心陸桓一個標準的斯文公子哥，夠不夠力氣抱得動自己。

沒時間給她多想，薛春生此時已轉過身，托著薛婉的雙手一鬆。薛婉倏地感覺身子被身後那人穩穩接過，又將她一把打橫抱起。

周圍一片拍手叫好之聲，陽光恍若瀑布般灑進農家歡樂的小院裡，映射出一片鎏金般的如畫光彩。

薛夏生和村裡幾個半大小子在一旁不住起鬨。

薛南反而難得的收斂起笑容，雖然興奮的臉色通紅，可也沒跟著年輕小子們瞎鬧，只在一旁高聲對薛婉道：「閨女啊！以後嫁人要好好的。好好過日子，莫讓妳爹娘跟著惦記！」

陳氏早已將要說的話都說過了，此刻在屋外，她不便多說，只顧著眼淚狂湧，又抬起袖子抹掉。與她相交好的幾個婦人在一旁不住地安慰她，說一些吉祥話逗她開心。

忽的，一抹燦爛的陽光在眼前一晃。薛婉還沒顧得上眨幾下眼睛，就被陸桓橫抱著送進花轎裡。「坐穩。若是肚子餓了，可問徐媒婆拿點吃食。」

陸桓在薛婉耳旁輕輕說了一句，便匆匆退出轎門，一個俐落轉身，大紅衣角被風微微揚起。他朝周圍的人群拱了拱手，又與薛南和陳氏打過招呼，隨後翻身一躍，跨上馬背。薛婉頭一次見他騎馬，被他一氣呵成、行雲流水般的熟練動作狠狠驚豔了，心裡直呼他犯規亂耍帥。

坐在轎子裡，又經剛才一幕，薛婉被分了心，內心頓時穩妥不少，泛起絲絲甜意。

這古代書生原來也沒她想的那麼文弱，該有的力氣一點不少。還想到給自己準備了吃的，真細心。

殊不知在這個時空，凡是富貴人家的公子，都是要習六藝的，自然不會弱到哪裡去。

穿紅戴綠的喜娘見一對新人已經各就各位，不敢耽誤吉時，在一旁興高采烈的亮聲對轎夫們道：「新娘上轎了！起轎！」

又是一陣鑼鼓喧天，薛婉就這般被晃晃悠悠地抬走了。

陶瑩悄然躲在人群之後，默默低頭抹掉了幾顆眼淚。好姐妹出嫁，而且還嫁得那麼好，她在羨慕的同時，又猶自生出一股傷感。

自己以後的婚事想必很難。前幾日老宅那邊的長輩居然想讓她嫁給一個成日遊手好閒的鰥夫，只因給的禮金尚算多。還好，爹娘護著她，給推辭了。

但願自己今後能嫁一個老實的莊戶人家她就十分知足了。唉……只是自己年紀已經不小，又退過親，以後究竟如何，可真難說。等年紀再大點，老宅那邊不斷施壓，估計爹娘想要護她也是更難上加難了。陶瑩想起自己的處境，秀眉緊蹙，難免犯愁。

陶彩在一旁拉扯了她的袖子兩下，有些擔憂地喃喃道：「阿姐……莫難過啦。免得被人看笑話呢。」

陶瑩一驚，抬眼一瞧，果然看見堂姐一臉鄙夷的對著自己罵了句什麼，她撇過頭去，卻見薛敬正走近自己。

陶瑩有些好奇。「敬哥兒，你怎麼不去送送你姐姐？」

陶彩苦笑著埋怨道：「姐啊，妳別再走神啦。妳看，前面哪裡還有迎親的隊伍？敬哥兒早就送到村口去，都已經回來了呢！」

陶瑩略微尷尬地扯了一下嘴角，收回心思。莫名擔心起正出嫁的好姐妹來。也不知婉兒今日嫁過去後，會不會挨餓受累，到深夜才能吃上飯呢？

花轎顛簸了許久，直到薛婉昏昏欲睡的時候，總算停了下來。

轎子落地，陸府到了。

薛婉挺直脊背，湊近轎門，想仔細聽一聽外面的聲響，奈何只聽得一片鑼鼓之聲。

直到轎門打開，紅色轎簾被掀開，一根大紅綢遞了進來。喜娘在外揚聲說道：「請新娘子下轎！」

於是薛婉牽著那根大紅綢，慢慢地從轎子裡走出來。

轎內原本很昏暗。甫一出轎門，明媚陽光直直照入她眼底，明月花冠之下的幾縷遮面珠簾，根本無法擋住強烈的光線。她瞇起眼睛，一隻大手恰好伸來，擋在她眉下。

有了這層遮蔽，薛婉努力眨巴幾下眼睛，從一片暗影下望過去，是讓人如沐春風的一張俊雅笑顏。陽光下俊美的紅衣少年郎，溫柔盡顯，動人心魄。

陸桓的嘴唇動了動。「慢些，跟著我後面走。」

薛婉的心臟怦怦跳動著，紅霞漫上臉龐。

空氣中到處瀰漫著炮竹的刺鼻味，耳旁是人們說的道喜聲和祝福語，雖然聽不清，但濃濃的喜慶氛圍依然讓薛婉彷彿置身夢中。

上得五級石階，來到黑油油的木門檻前，忽聽喜娘唱道：「提步跨門檻，婚後不遇檻兒。」

薛婉按照前幾日喜娘教過她的，慢慢跟在陸桓身後，提著喜服的裙邊小心翼翼地邁過那道門檻。

進了大門，薛婉身前又被擺放了一個嶄新的馬鞍。馬鞍上放了幾個紅蘋果。又聽喜娘道：「跨過新馬鞍，從此平平又安安！」

陸桓轉過身，一手扶住薛婉的胳膊，以眼神鼓勵她。薛婉穩了穩心神，抬腳一跨，便過了第二關。

喜娘笑嘻嘻的從身旁丫鬟手裡接過一個蓋著紅布頭的竹籃，伸手往裡摸去，摸出一把碎銀、銅錢和紅紙剪成的福字，往天空中揚手一撒。「一撒金、二撒銀、三撒福臨門！新郎官、新娘子福運滿滿！鴻運當頭！」

被打理得井井有條的寬大院子裡，人聲頗為熱鬧，有恭賀道喜的，有誇新郎官一表人才的，還有的說新娘子嬌俏可人的，薛婉差點聽不清喜娘的指引聲。

看不清也辨不清，薛婉越發心慌，生怕一個不留神，失了禮數。

好在前方的陸桓心有感應，特意放慢了腳步，輕輕扯了扯牽引兩人的紅綢，暗示她放心。薛婉終於集中心神，仔細回憶徐媒婆教過她的婚嫁禮儀，思路恢復清晰。

「一拜天地！」

陸桓與薛婉接過侍婢遞來的一炷香，在明堂前正院中的紅蒲團上齊齊下跪，拜告天地。

「二拜高堂！」第二拜同樣是在露天中完成，只不過叩拜的公公婆婆是在明堂之內，而新婚夫妻是在明堂之外，雙方僅一檻之隔。

薛婉在拜下之前悄悄掃了一眼兩位長輩。公公穩重和藹，婆婆精明貌美，兩人望著她的眼神裡，笑意都直達眼底。想來這關算是順利過了。

「進得廳堂，兒孫滿堂！」

薛婉不敢有任何懈怠，打起十二萬分精神，跟在陸桓身後，小心翼翼地跨過明堂那道烏亮的門檻。邁過這道門檻，也預示著她未來數十年嫁作人婦的開始。

「夫妻對拜！」

大門外頭的炮竹之聲連綿不絕，一陣響過一陣。隔著遮面，薛婉與陸桓彼此相視一笑，隨之深深拜下。

「嘉禮初成！良緣遂締，詩詠關雎，雅歌麟趾，瑞葉五世其昌！願夫妻二人從此同心同德、相敬如賓！永諧魚水之歡，互助精誠，共盟鴛鴦之誓！送入洞房！」

禮樂之聲不絕於耳，觀禮的親戚賓客們被侍從們紛紛引座入席，一道道美味珍饈被擺上席面。

而陸桓與薛婉二人則隨著喜娘僕婦們一同進了內堂。

新房是由陸桓原先的「容瀾苑」重新布置，與明堂和公婆的住所相隔了兩條迴廊。薛婉的金銀首飾、四季衣裳等嫁妝被依次抬進容瀾苑的小院裡，全都保持原樣，待女客們觀瞧。

穿過那些嫁妝，總算進了新房。薛婉被喜娘扶坐在紅綢鋪就的千工拔步床上，四周觀禮的女客們頃刻間齊齊安靜下來。

靜待片刻，喜娘將一桿繫著紅綢的秤遞給在一旁等候的陸桓，笑道：「新郎官挑花簾！」

陸桓接過那桿秤，手心裡已然冒了汗。薛婉見他伸桿過來的動作極為謹慎，那桿頭還有些微微的顫抖，心也跟著吊了起來。

遮面掀開，丫鬟便用花冠旁的小銀勾子給勾了起來。沒了遮擋物，薛婉眼前倏地亮堂許多，抬眸望去，與陸桓清亮的眼眸對個正著。

兩人靦腆地一笑，四周的女客們也紛紛捂著嘴壓低聲音笑開來。

喜娘又催二人各剪一段鬢邊的頭髮，合在一起後綰成了一個同心結，塞入早就備好的鴛鴦荷包裡，再壓在枕頭之下。

「結髮共枕，二位以後就是一家人了。祝新郎官、新娘子永結同心，百年好合！」喜娘笑呵呵地恭賀二人，接著對身邊挨得最近的兩個丫鬟招了招手。

丫鬟們訓練有素，即刻從門側的紫檀木桌上取來兩杯用紅線繫著的鶼鰈瓷杯，遞給陸桓和薛婉二人飲下。

「共飲杯中酒，今生執手到白頭。」整套婚儀禮畢。

喜娘興高采烈地拍了一下手，對陸桓道：「禮成。新郎官要出去敬酒了。」

按照白雲縣的規矩，新郎官不需要參與酒席，只需與新娘子飲過交杯酒之後，再去宴席上與眾人共進三杯酒即可。

陸桓離開後，薛婉將喜服整理平整，端坐在床沿安靜等待。

所有的女客和丫鬟們在陸桓離開後，也都全部退出新房，此時僅留她一人獨坐房中，她終於有時間能好好欣賞這個房間。

只見兩扇雕工細緻的木門上牡丹盛放，寓意花開富貴。門邊的黑桃木架子上掛了兩塊絹帕，上面繡著並蒂蓮。

花梨木桌旁分置兩隻雕著連理枝的圓凳，桌上的一對大紅喜燭燃得正旺。所有的物件都是雙雙對對。

薛婉越瞧越覺得歡喜，歡喜之中還透著一股逐漸強烈的心悸感。

當她覺得連呼吸都有些困難時，原本闔著的門被輕柔地推開了。

——是陸桓回來了。

他在門口站了片刻，含情脈脈地凝視她，笑意逐漸漫上那雙神采奕奕的黑瞳。

薛婉見他朝自己走來，恍若帶著春日的草木氣息，將這冬日的寒冷驅散開來。

她笑著迎上去，眼底倒映出他溫雅清俊的身影，心中的欣喜全部化作與他共度此生的美好希冀。

番外一

拂曉，天將亮未亮。陳氏與薛南已經起床，急忙忙地生火做了早飯。

薛南一邊埋頭吃餑餑，一邊端起陶碗喝了口熱湯，對陳氏道：「節禮都備齊了？」

陳氏挾了一筷醃菜到碗裡，笑睨他一眼。「早齊了。」

薛南喝完湯，舒服的喟嘆一聲。「齊了就好，出門前再看看，別落了什麼東西。」

「曉得了。」陳氏點頭，並不覺得當家的囉嗦。

顯然，今日夫妻兩人心情很好。雖然比平日早起了半個時辰，精神卻很足。原因無他，自然是因為過不多久，他們要進縣城與許久未見的兒子和女兒團聚了。

轉眼女兒薛婉已出嫁一年有餘，夫妻倆亦有一年多沒見著她了。之前她才嫁了一個月不到，便陪著夫婿陸桓上京求學備考，兒子薛敬當時也被他們帶往京城拜師求學去了。

一下子兩個孩子都離開身邊，陳氏與薛南兩口子起初很不適應。後來過了數月，好不容易適應了，又因為薛婉遲遲不見有孕的消息而心焦。去信詢問才得知，原是薛婉本身身體底子就弱，前兩年又在大雪天出去求財時被狠狠凍了幾日，身體根基受損，這才難以受孕。

幸而陸家在京城尋了名醫，給她開了幾副藥調理進補，最近終於傳出喜訊，夫妻倆提了大半年的心這才落下。

從京裡回白雲縣已是一路顛簸，夫妻二人哪捨得舟車勞頓的女兒回門再在路途上受累。於是商量過後，決定一起去縣城探望她，順便把薛敬一同接回家過年。

薛南將最後一口餑餑塞進嘴裡，用手掌隨便抹了抹嘴後，便起身走到院裡對大黑招了招手，大黑立刻歡喜地直搖尾巴，吐著舌頭哈哧哈哧地圍著他打轉。

此時，隔壁陶家的大丫陶瑩踩著時間點過來了。「薛二叔、二嬸好，我爹娘去趕集擺攤子了，得下晌才會回來。遂喚我過來一趟。」

原來薛南和陳氏要出門前一日，就與隔壁的陶家說好，這幾日他們二人要去縣城，煩勞陶家幫忙過來給大黑餵食餵水。今早陶瑩過來，就是來拿院門鑰匙的。

薛南樂呵呵的「哎」了一聲，掏出袖子裡的鑰匙，放心的交給了她。

夫妻倆收拾妥當，薛南就去牛圈裡給牛套了車，趕著牛車上路了。

陳氏將頭臉裹得嚴實，看著新添置不久的牛車，心裡很感欣慰。女兒自己能幹爭氣，嫁的人家又好，他們老倆口也跟著沾了不少光。

沿途光禿的樹幹枝椏在身側一一掠過，陳氏望著堆在樹幹旁的積雪和還未散去的晨霧，不自覺地嘆了口氣，對前方正在趕車的當家說道：「唉……瑩姐兒這麼好的女娃，若不是之前遇到那種糟心事，與文松退了親，眼下過的日子肯定也很舒坦。你說說，到現今，也沒個像模像樣的人家來給她提親。」

薛南跟著重重的「唉」了一聲，聲音隨著冷風飄到身後。「是呀！多好的女娃，模樣好、心眼好，手還那麼巧。敬兒若是與她年齡相仿，我鐵定上陶家給他提親去！」

陳氏笑嗔他一句。「你想得還挺多，那也得敬兒喜歡才行啊！再說敬兒還小呢！」

薛南不在意地笑笑，隨口道：「也對。老子我操心再多，也得兒子看得上眼啊……」聊沒幾句，薛南的心思又轉回到自己女兒身上。「哎，妳說，婉兒懷的是男娃還是女娃？」

「你盼是男娃還是女娃？」陳氏回問道。

兩口子有一搭沒一搭的一路閒聊，沒覺得過了多久，就進縣城了。

隔壁的薛南、陳氏一家走後，村尾的兩、三戶人家四周便顯得尤為安靜。

陶瑩從冒著熱氣的大鐵鍋裡掏出一勺熱水，將家中所有的碗筷都燙了一遍。

陶彩站在院裡曬剛洗完的冬衣，聽著從村中遙遙傳來殺豬宰羊的嘶鳴聲，揚聲對在灶間忙碌的陶瑩說：「阿姐，薛二叔和二嬸走後，咱家附近可真靜啊！也不知爹娘何時才會回來呀？」

陶瑩放下銅勺，看了眼屋外已然天光大亮，想了想，說：「約莫得過了中時吧。」

陶彩擦乾手上的水漬，望了眼蔚藍的天際，乘機歇口氣。她腳步輕快地回到堂屋，給自己倒了一杯熱水喝。瞧著仍在不停忙碌的姐姐秀麗的身姿，陶彩的心神不免有些恍惚。

姐姐已經滿十七歲，然而上門來提親的人卻寥寥無幾。好不容易有一、兩個來提的，結果不是鰥夫或跛子，就是遊手好閒之輩。姐姐雖然訂過親也退過親，但說到底還是如花似玉的黃花閨女，爹娘怎麼可能將她隨便找個人就嫁了？

之前她的遭遇，村裡人都知曉，也都同情，可是正如李文松家所介意的那般，尋常的男娃和人家也同樣會介意。

這是人之常情，陶彩都可以理解，只是在心裡覺得替姐姐不值、也替她委屈。

僵局一直在持續，要想打破談何容易？

眼見再過幾月，姐姐就要十八了，越往後就會越難找到合適的良配。害姐姐的牡丹雖然嫁了，但聽聞嫁得也不甚如意。她因為毀了姐姐的親，這事明面上不顯，暗地村人們卻是清清楚楚，因此自己親事也受了影響，後來有個家境差不多的人家來提親，她家怕她錯過就急匆匆的將她嫁了。

可惜她嫁過去才知道，她嫁的那男人酗酒，平日瞧著還行，但一喝醉酒就打人。牡丹好幾次都帶著傷逃回娘家，之後又被男方哄著接回去，如此這般循環往復數次，日子過得心驚肉跳。

想來，女娃的親事當真要仔細挑選，不是知根知底的人家，寧可不嫁，也不能隨便什麼人來了就將就湊合。

陶彩倚著桌沿發了會呆，放下捏了好一陣子的空陶杯，伸了個大大的懶腰。她想，姐姐不嫁就不嫁，至少在家裡，姐姐不用受夫家的氣。而且村裡知道事情始末的人，都私下裡佩服姐姐的骨氣，因而就算姐姐年紀漸長，也沒怎麼傳過不好的閒言碎語，對待他們一家人都如以前一般和善親近。這樣的日子，已經很足夠了。

「彩兒，彩兒。」陶瑩做完手上的事，見自己的妹妹眼睛直直地盯著自己，瞧著很是嬌憨，不禁有些失笑。「想什麼呢？想這般久。」

陶彩當然不可能當著她的面說實話，俏皮地眨著杏核大眼，道：「在想今晚阿姐給我做啥好吃的。」

陶瑩睇著水漾的明眸，輕輕刮了一下她的鼻子，笑嗔道：「就妳嘴饞，都還沒到晌午呢，妳就惦記今晚吃啥了。」

「嘿嘿。」陶彩嬉皮笑臉地吐了一下舌頭。

姐妹倆有說有笑的打掃屋子，整理牛圈和雞籠，直到過了未時，有人來家門口晃蕩，才將她們的好心情給攪散了。

「瑩姐兒，前幾天妳嬸娘給妳提過的親事，妳爹娘想好了沒有？」說這話的婦人約莫三十不到的年紀，長得還算周正，只是一對倒八字眉不太討喜。

陶瑩身體一僵，而後客氣地走近她，微笑道：「二嫂來了。屋裡坐呀！我爹娘約莫要申時過後才能回來呢。」

「不坐了。回頭還得去做飯咧。」婦人側頭吐掉嘴裡的瓜子殼，瞥了一眼陶瑩，眸中透出一絲不耐煩。「我只是過來提個醒，讓妳爹娘趕緊在這兩天給個回信。」

「哎，知道了。」陶瑩道。

婦人走後，陶瑩沈默下來，陶彩卻見不得那人的嘴臉，輕聲罵道：「呸！什麼玩意兒。懂不懂規矩！知不知羞！哪有人當著女娃的面直接說女娃親事的？」

陶瑩眉頭輕輕一蹙，卻並未反駁妹妹的話，只是無可奈何地嘆了口氣。如果這些老宅的人能少來給她找麻煩，那日子一定會過得更舒心的。

嬸娘給她提過的親事，她娘曾和她說過。說那家人不知根底，問嬸娘，嬸娘只說是遠房親戚，男方二十有三了，還未娶過妻，再多就不肯說了；而且那戶人家離青山村又隔了百八十里，實在太過遙遠。

萬一她嫁過去遇見什麼難事，娘家就算想幫也是有心無力。她爹娘細細琢磨了好久，總覺得不對勁，故而打算明天就給她推掉的。

也不知自己的終身大事總是受老宅詬病和插手的事情，得持續到什麼時候。也許直到她的親事決定下來，這類事情才不會再發生吧……

望了眼已不那麼燦爛的日頭，隱隱有點西沈的痕跡。空氣中本就不甚溫暖的熱度，亦在悄然退去。

陶瑩忽然覺得胸口悶得難受，很想出門走走。但介於曾經出過那件大事，她又不敢走遠，遂轉身返回灶間，從熬湯的大鐵鍋裡撈出一塊半大的骨頭，拿陶碗裝好，對陶彩說：「彩兒，我去隔壁給大黑餵塊骨頭。」語畢，也不等陶彩說什麼，就疾步走出院子朝薛家去了。

出了家門，瞧著村道旁空無一人的埠頭，陶瑩愣了片刻，腦海中浮起好友薛婉與自己在一起時開懷的笑容，心頭湧起一股感慨。

推開薛家的院門走進去，大黑先是叫了兩聲，一見到是熟人來了，又伸著舌頭搖著粗黑的尾巴興奮地靠了過去。

「大黑，自己在家很寂寞吧？」陶瑩笑著蹲下來揉了揉牠毛茸茸的腦袋，將手中的陶碗送到牠面前，又點了一下牠黑亮的鼻頭。「你呀。真是好福氣，若不是快過年了，我家才捨不得燉骨頭湯呢。我給你撈了一小塊，你吃慢點，別噎住了。」

大黑饞得口水都要掉地上了，一對狗眼緊緊黏著碗裡的骨頭拔不下來。粗陶碗才剛被放下，牠就迫不及待地將頭埋了進去，大口大口地啃了起來。

陶瑩見牠無憂無慮地啃著骨頭，心情不由得好了些，笑咪咪地蹲在一旁看著牠猛吃。

大黑吃著吃著，突然停下，微微抬起狗頭，兩隻尖尖的耳朵顫了幾下。

「汪！」頃刻間，大黑抬起四隻粗壯的爪子飛一般衝了出去。「汪汪！」

陶瑩被牠猛衝到院門口的樣子嚇了一跳，定睛朝那兒一瞧，只見一個半大少年正立在院門口，大黑則親暱的在他腿邊蹭來蹭去。

少年的容貌明明很熟悉，但是身形輪廓已經不再似她記憶中那般矮小的模樣。

他身著一件水藍色的書生長衫，外罩一件淺灰色的厚斗篷，腰間繫的烏木製的平安扣在斗篷的縫隙間若隱若現，瞧著像是在縣裡剛下學回家的公子哥。一雙鳳眸含笑望來，專注地盯著眼前人。

「你……」陶瑩怔了半晌，直到在他眼中看出熟悉的羞澀靦腆，才猶豫著問道：「是……敬哥兒？」

「是，瑩兒姐姐，我回來了。」眉清目秀的少年展露笑容，笑意溫暖如春。「許久未見，妳可還好？」聲音也比原來粗了不少，像是在男娃的變聲期。

陶瑩見他的身量已比自己高出寸許，難以置信地睜大了一對美眸。

敬哥兒的變化實在太大，簡直像是變了個人。記憶中那一直安靜乖巧還有些靦腆的小男娃，竟忽然長成為半大的少年郎了。其實薛婉出嫁之前那大半年，薛敬的個子就已竄高不少。只因那時兩人時常見面，陶瑩便覺不出明顯的不同來。如今時隔一年有餘未見，薛敬也的確到了長個子的年紀，陶瑩久不見他，乍一見面，才會感覺出如此大的差異來。

隔了好一會兒，她才緩過神來，接上他的話。「你、你怎麼自己一個人回來了？薛二叔和嬸子呢？」

「他們還在老宅與爺爺、奶奶敘話，讓我先回來將灶燒暖。」說完這句，薛敬語停，只是將眼神凝在陶瑩臉上，不再開口。

陶瑩被他看得有些不自在，動了動身子，想要離開。

「瑩兒姐姐，妳清減了。」少年彎著的鳳眸裡，透出深邃莫測的光彩，像是在感嘆久別重逢、又像是在回憶往昔時光。

陶瑩的心裡升起一股說不清的彆扭。站在眼前的少年讓她感覺十分陌生，但心底又有個聲音告訴她，其實他沒變，一直都是如此，看似乖巧聽話，實則內裡極有自己的主張。

「呃……既然你們家有人回來了，那我也該回去了。」陶瑩有些倉皇的轉身，連薛家的鑰匙都忘記要還給薛敬了。

薛敬一愣，道：「好。」腳下卻跟了出去。

附近並無其他村人，從遠處偶爾傳來的牲口嘶鳴聲，反而襯得周遭越發靜謐。陶瑩聽見身後相距幾尺的腳步聲，未感到害怕，只覺得有種道不明的滋味，似是被人守護，又似那人一直在凝望她。

進了自家的門，陶彩迎上來，見姐姐臉色不太對，又朝陶瑩身後望了幾眼，好奇了。「咦？姐，那是敬哥兒吧？」

陶瑩低聲回道：「是。」

「敬哥兒，來屋裡坐會兒嗎？」陶彩得到姐姐的確認，開心地朝他招手。

卻見那唇紅齒白的少年遙遙向她笑著打了聲招呼，又揮了揮手，轉身回薛家去了。

「他怎麼不進來坐啊？我都好久沒見著他了。」陶彩撓撓頭，奇怪道。

「他爹娘讓他回去燒灶呢。」陶瑩走到灶間的木盆子旁，給自己打了點涼水洗手。

「這樣呀……」陶彩尋思片刻，反應過來，高興的問：「啊！那他剛才是在送姐姐回家吧？」

陶瑩看了妹妹一眼，點點頭，兩手不自覺地握在一起。

陶彩欣慰地拍拍手。「這小子可真懂事啊。知道自己是半大小子了，懂得避嫌，卻也懂得護著姐姐。」

陶瑩嘴唇動了動，遲疑一下，最終卻什麼也沒說，沈默了半晌，才道：「彩兒，去院裡拔點小蔥，割個菘菜，咱該做晚飯了。」

陶彩覺得姐姐的模樣有些奇怪，卻也說不上到底是哪裡怪，遂撓了撓頭，去院裡拔小蔥去了。

番外二

薛南一口飲盡杯裡所剩無幾的酒，哈出一口熱氣。「舒坦！」

臘月的晚上，躲在點著火爐的屋子裡，喝著熱呼呼的生薑羊肉湯，再配點米酒，別提多暢快了。

「敬兒，鍋裡還有點湯，要不要再給你添點？」陳氏瞥了薛南一眼，又朝兒子看去。等了一會兒，不見有回應。「敬兒？」

薛敬眼睛眨了幾下，回過神來。「……不用，夠了。爹娘再喝些吧。我先去洗漱了。」說著，將自己的碗放到木盆子裡，又從水缸裡打了水上來，倒入另一個空的盆子裡，接著去灶後點了桔杆開始燒熱水，橙色的火光瞬間照亮了他深刻的側臉輪廓。

陳氏悄悄推了一把當家的。「你覺不覺得，敬兒像是有心事？」

薛南打了個飽嗝，拍了拍肚子。「有嗎？我沒瞧出來啊。」

陳氏懶得理粗枝大葉的薛南，又將擔憂的目光移到兒子的臉上。其實上晌他們在縣城見到兒子時，她就覺得他有心事，但沒這會兒這麼明顯。

莫非是方才他們讓敬兒從老宅提前回來燒灶時，敬兒遇見什麼事了？望著兒子的側顏，他長長的眼睫因火光的映照在眼底留下一片陰影。陳氏猶豫片刻，還是決定再觀望幾日再說。

沒想到，根本不用幾日，只是僅僅過了一夜，薛敬的「心事」就讓陳氏和薛南大吃了一驚。

晨光熹微，正在農閒的臘月裡，青山村大部分農戶仍在半夢半醒間，可薛南家的兩口子卻被兒子的決定給徹底弄清醒了。

「什麼？你要娶瑩姐兒？」陳氏和薛南目瞪口呆，驚訝不已。

薛敬認真地點點頭。「是。」

「怎麼……怎麼這麼突然?!」薛南是真想不通了。

一旁的陳氏看著兒子堅定的表情，似是想起什麼，眸中露出一絲了然。

「不是突然決定的。」薛敬抿著嘴，思量片刻，又道：「上個月，我從京城回來前，就將此事與姐姐說過。」

薛南一聽，更是訝然，嘴巴半張著，連話都說不出來了。昨天他雖在趕車時與妻子玩笑過此類言語，卻並沒往那處認真想過。

陳氏卻道：「昨日我幫你整理行囊，瞧見其中有一支雕工特別的檀木簪子。那上面刻著的花樣，不像是咱們縣裡常見的款式。是……是在京裡買的嗎？」

「是。」薛敬又點頭，還沒等陳氏接著往下問，薛敬又道：「待用過早食，我會與爹娘細說。」

對於薛家夫妻倆而言，薛敬的想法的確讓他們感到突兀。畢竟之前毫無徵兆，而薛敬也不似薛婉那般，會時常與陳氏在私下裡說出自己的真實想法。

從六、七歲開始，他看似靦腆乖巧，但早已經學會隱藏心事了。這點粗心的薛南感覺不出，可細心照料兩個娃兒的陳氏卻敏感地察覺到了。

對於想娶陶瑩，薛敬並非臨時起意。當他第一次見到她時，他只覺得這位姐姐長得甚好，村裡任何一個女娃都不如她貌美。到後來成了鄰居，他又發覺她性子溫柔，待人親和，燒了一手好飯菜，和他娘很像，這讓他更感親近。

讓他覺出心境上變化的，是那次她遇到危險時的脆弱，以及事後面對此事的堅強果斷。他沒想到，這個表面上溫順和氣、看似柔弱的女子，外表和內心竟有著如此強烈的反差，這使他的內心受到了極大震動。

那時，他雖然於男女之情懵懂，但他已朦朧地意識到，陶瑩和姐姐對自己來說是不一樣的存在，他想要保護她，不是因為鄰居之情、不是出於姐弟之情，而是出於男子對女子的角度。可對村裡的其他女娃，他並沒有這種感覺。

再到姐姐出嫁前那段備嫁的日子，他深刻認識到每個女子都是要嫁人的。嫁人以後，就不能常回家了。

由姐姐聯想到陶瑩，他想起以前與她之間的種種，想起自己教她認字的日子。如若陶瑩以後也如姐姐那般嫁到別的地方，他想再見她，便十分困難了。

他……不願意如此。

驀然間，他才憶起，這位鄰家姐姐，是除了親姐姐之外，與自己相處時間最多、也付出最多擔心的女子。於是，他心底那種不捨的感覺，便隨著時光的推移，慢慢侵入他的五臟六腑。

他知道村裡很多小子都喜歡陶瑩，比如自己的堂兄薛春生。

薛春生很好，配陶瑩也十分合適，可他知道，堂兄是絕對不會違背父母之命的，因為他的娘親張氏早已決定要給兒子娶一個娘家的後輩當媳婦。所以，注定薛春生對陶瑩的喜歡會無疾而終。那些不可對外人道的隱密心意，也只能像落葉一樣隨秋風而落，與塵土化作一體，消散不見。

他不願如堂兄那般，讓人生大事如此蹉跎，留下終生遺憾。無論如何，他也要爭取一番，哪怕結果並不如意，至少他不會為此後悔。所以他先找自己的姐姐商量，沒想到姐姐薛婉連攔都沒攔他，反而勸他道：「窈窕淑女，君子好逑。若真心喜歡，當然要力爭。否則，必然會抱憾終生。」

聽到這句話，他就想，不愧是他的姐姐呢。姐姐如此聰慧，既然連姐姐也支持他，那他還有什麼好猶豫的呢？說服爹娘同意的那一關，就當作力爭的第一關吧！

一個時辰後，陳氏出了自家的院門，朝隔壁陶家走去。

昨夜剛下過一夜細雪，陶家的小院子裡積了白白厚厚的一層雪，猶如銀霜鋪就的地毯。

陶家一家剛吃完早飯，各自忙起家裡的事來。李氏穿著厚厚的冬衣，拿著掃帚正在慢慢往院子外面掃雪。

「娘，要不妳進來吧？換我來掃。」陶瑩見母親掃得辛苦，遂將洗乾淨的碗筷趕緊放到櫥子裡，就要過去幫忙。

「不用。」李氏直起腰，歇了口氣。「沒剩多少了，娘一會兒就能掃完，妳……」話說到一半，便瞧見陳氏抱了一包東西走進自家的院裡，遂放下掃帚笑道：「咦？婉兒娘，這會兒妳怎麼有空來？」

李氏原以為他們昨日剛回來，一定會睡得晚一些才起。就算要來自家串門，也會接近晌午，沒想到她居然辰時還沒到就過來了。

「我來給妳送年禮啦！」陳氏朝她笑笑，攙著她的胳膊往堂屋走。「妳該不會嫌我來早了？」

李氏笑拍她一下。「哪會啊！走，進屋喝完熱茶湯去。」又對陶瑩道：「瑩兒，婉兒娘來了，妳趕緊沖碗熱茶來。」

「哎！」陶瑩也有些納悶，不過聽見母親的吩咐，遂從灶裡用銅勺取了些熱水泡茶。當她泡好熱茶，卻發現自己娘與陳氏進了東屋，還連她爹也一起叫了進去。

這是怎麼了？感覺像是要談什麼正事？往常都是在她家堂屋坐著與爹娘敘話的。

不消片刻，屋裡果真傳來爹娘驚訝的輕呼聲，而後又聽他們刻意壓低了聲音交談。然而，什麼聲響都被隔在東屋厚厚的門簾外了。

陶瑩望著那門簾發了會兒呆，又轉回灶間忙碌去了。

幾人一進去，便是大半個時辰。

陶瑩和陶彩將家裡收拾了一圈，直到兩人一起坐在桌邊做醃菜，才聽見走到東屋門口的李氏開口道：「我還得問問瑩丫頭的意思，她若願意，我自然也是同意的。」遂見東屋的門簾一掀，三人相繼而出。

陳氏笑咪咪地瞧了陶瑩一眼，目光在她臉上停了一小會兒，又與兩個丫頭揮了揮手，歸家去了。

「瑩兒，妳進爹娘屋裡來。」李氏送走陳氏，回到堂屋，神情有些嚴肅，但眸光卻很柔和，似是有什麼喜事，卻又似刻意壓抑住，不願輕易讓旁人知曉。

陶瑩覺得李氏的模樣有些稀奇，再朝她爹望去，卻見她爹樂呵呵的對她抬了一下手，指指東屋。「去吧，跟妳娘進屋去，是好事咧。」

陶瑩心裡更覺奇怪。「爹不來嗎？」

陶三福扭頭朝牛圈走去，又回頭笑道：「爹去餵牛。這事啊，爹不方便與妳說。」

於是陶瑩茫然地跟李氏進了東屋。

一進屋，李氏就拉著她坐到榻邊，拉過她的手，盯著她細細看了會兒，眼圈突然有些發紅，試探著說：「瑩兒，娘和妳說件事。這事啊，妳乍一聽肯定會覺得很難相信，但妳一定要往細了想，往那細裡仔細想，答應娘，好不好？」

陶瑩見李氏那半喜半憂中透出慎重的神情十分罕見，不自覺地抿起朱唇，認真地點了點頭。「娘，妳說，女兒定會認真想。」

李氏嘴唇動了動，小心地挑著字說：「妳覺得敬哥兒……品貌如何？」

陶瑩歪了歪頭，心想原來是說起熟人，遂放了心。「自然是好的。我昨日瞧見他，長高了不少呢，身子骨也壯實了。」

李氏見女兒還沒明白自己的意思，握著女兒的手不自覺地收緊，決定直言。「我是說……妳覺得若是敬哥兒來向娘提親，說想求娶妳，妳……願意嗎？」

陶瑩怔了半晌，驚得從榻邊忽地立起，瞠目結舌。「怎、怎麼會？」

李氏料到她與自己方才的反應一樣，遂一把拉住她，將她又拉回自己身邊坐下。「莫驚。方才我也如妳這般呢。婉兒娘和我說了好久，我才會過意來，覺得除了年齡之外，敬哥兒真是妳頂好的良配。」

陶瑩兀自眨了眨眼，勉強穩住心神，才覺得心裡慌得沒那麼厲害。

李氏接著道：「婉兒娘與我說，說敬哥兒對她說，說他自己雖不是妳的竹馬，但妳卻是他的青梅。早前他還小，於男女之情懵懂無知，只隱約在心裡有個模糊的影子。直到後來他與婉兒去了京城，見識廣了、聽得多了，夫子與同窗們閒聊之時談及此類事，他才慢慢悟出來。後來說是有人想與他說親，他總算想明白心裡那個影子是誰。」

見女兒的面色稍安，沒有方才那般吃驚，像是將她的話聽進了心裡。

「唉……那話說得可是文謅謅的，我沒婉兒娘那般會說，到了我嘴裡全都變了味。」李氏玩笑似的輕輕拍了一下自己的臉。

「可是……可是敬哥兒為何不是喜歡彩兒呢？他們倆年齡相仿，不是更加應該……」陶瑩仍舊有些想不通。

「傻丫頭，這可不全是由年紀決定的。妳爹還比我年長三歲呢。」李氏笑著為她捋起一綹碎髮。「妳想想，早前妳遇險，是誰救妳、護妳？妳要與文松退親那晚，傷心難過得要死，又是誰去溪邊先尋妳？」

陶瑩被李氏的話語勾起了回憶，眸中多了一分了然和不可思議。

「是你們一起經歷過的這些，才能讓你們有眼下的緣分吧。妳再想，若是敬哥兒與妳同歲，想必早就不用等這麼幾年了。先撇開這些不談，若單論敬哥兒的品貌還有我們兩家的情誼，我與妳爹都是贊同的，畢竟知根知底。」

陶瑩咬了下嘴唇，心裡還是有些打鼓。她非常糾結，覺得心裡有些轉不過來。她知道娘說的都是對的，可她從未想過敬哥兒會來提親。

在她眼中，他是個十分惹人喜愛的鄰家小弟。可她又覺得，爹娘滿意就好。自古以來，兒女親事不都是由父母做主嗎？自己心中只要不反感，也就沒什麼不可以的。

李氏雖然覺得這門親相當不錯，可也不願意委屈女兒。對方再好，也得女兒親自點頭同意才行，遂又說道：「娘不會逼妳。願意不願意，都由妳自己決定。再說，敬哥兒的確小了點。即便是妳同意，也得至少再等他兩年才能結親。萬一這兩年有哪個不錯的後生來提親呢？娘也怕妳早早應了薛家的親，會後悔。」

陶瑩最先聽到此事時，覺得難以置信。可是被她娘提到過往的那些回憶後，她想起當初遇險時，薛敬的出現給了她多大的希望和安心；想起在溪邊等李文松，久等不來失落不已時，又是誰的出現，打破了她心底極致的絕望和黑暗。

如今思及這些往事，她只覺像是有個陳年酒瓶子打翻在心底，酒香四溢，漫過整片心田。

念及這些舊事，陶瑩覺得像是吃了個小核桃噎著了，壓在嗓子眼，讓她無論如何都無法將「不願意」的話說出口。靜靜思忖良久，她才緩緩開口。「娘，能不能容我多想兩天。」

「好，娘不催妳，妳慢慢想。這是終身大事，千萬不能草率做決定。」

「可是娘……嬸娘那邊的親事……」說到終身大事，陶瑩想起老宅給她說的那門親。

李氏原本心情還不錯，被女兒一提，頓時沈下臉來，言辭之間極為不悅。「那事我和妳爹早就想回了，這兩天忙著，便沒空去理。不管有沒有敬哥兒這事，那門親妳爹和我都是不會應允的。妳只管好好思量敬哥兒的事。旁的事，不用妳多煩心。有爹和娘在呢，誰敢隨意將我的閨女給配人？咱家就跟他沒完！」
李氏後來說了些什麼，陶瑩記不太清了，只知道她爹娘都是真心護著她、為她好的。

渾渾噩噩的過了大半日，到得夜深人靜、更漏影疏時，陶瑩反而清醒了。一股不知名的火苗在心中灼燒，燒得她全無睡意。

悄悄轉頭看了眼睡得正酣的小妹，陶瑩輕輕從榻邊坐起，取過冬衣披上，視線不自覺地移到窗邊的木桌上。

今晚月光皎潔，從貼著厚厚油紙的窗戶透進來，隱隱照出桌上那只更漏模糊的輪廓。

陶瑩盯著那更漏，出了神。她憶起，那是薛敬離開青山村跟薛婉一起進京前，送給她和彩兒的禮物，說是自己素日慣用的，送給她們做個念想。

這念想，她也就這麼自然地融入她的生活，想知道時辰時，便會瞅那更漏一眼。

記得當時他還是記憶中的文靜乖巧模樣，可不似今日見到的那般，已經現出幾分大人的模樣來。

他要……娶我嗎？而且是屬意已久？陶瑩在覺得不可思議的同時，又覺得自己似乎並不討厭有如此想法的薛敬，反倒是有了那麼一點點安心感。畢竟，他們已經那麼熟悉了，兩家關係也十分親近。轉而又聯想到他的年紀和他小時候的樣子，心裡又開始搖擺不定。

他只是個小弟弟呢……但若是拒絕他，他會難過嗎？會……傷心的吧？想到那個場景，陶瑩下意識地皺起眉頭。

不想他失望，更不想他難過……可他們適合嗎？她該如何抉擇？頭一次，她想要拒絕一門親，那麼困難；想要應下，又覺得總有哪裡不太妥當。

輾轉一夜，到了近天明，陶瑩才睏得睡去。

足足費神思索了三日，陶瑩總算想得透澈了。在她心裡，更不願看見薛敬失望難過的樣子。有個聲音在她的腦海盤踞迴旋，逐漸清晰起來，她想應下這門親，如果能使薛敬高興的話……況且，爹娘也很滿意這門親。

就在李氏等得有些焦急的時候，她得到了女兒的回答。

「真的？妳應了？」李氏努力壓抑著興奮的神情，再次盯著女兒確認道。

陶瑩臉頰有些發紅，輕輕地再次點頭。

李氏喜憂參半的與女兒說：「瑩兒，爹和娘都不逼妳。妳可要想清楚，如果應了薛家的親事，可是要再等兩年才能出嫁的。」

「我曉得的。」陶瑩點頭。「敬兒的人品我放心，我若嫁予他，爹娘肯定也放心。」說著，陶瑩放低了聲音道：「女兒我願意的。」

李氏的手微顫起來，眼眶發紅，抿著嘴似有隱忍。「好閨女。」過了會兒，才拍了拍女兒的手，寬慰道：「妳在家收拾一下，娘和妳爹去薛家一趟，把這好消息告訴他們。」

陶瑩見母親如此高興，心裡覺得自己的決定沒錯，那隱藏在心底深處的一絲猶豫也被掃清了。

陶三福和李氏去到薛家約莫小半個時辰時，陶瑩剛把洗完的衣服曬上。耳畔倏地傳來少年清朗中帶著沙啞的聲音。「瑩兒姐姐。」

聽見那聲音，陶瑩心弦一動，小小吃了一驚，側過頭，發現薛敬正站在自家的院子門口，他穿著一身精棉製的天青色書生長衫，披著斗篷，瞧模樣似是要去書塾。

他穿戴如此正式，讓陶瑩有些意外。「敬哥兒，你要進縣城嗎？」

「不是。我來見妳。」薛敬靦腆的垂眸一笑，搖搖頭，清澈的眼眸閃閃發亮。

「我和陶叔、陶嬸說過了，想尋妳出去走走。」

陶瑩的臉忽而染上一片紅暈，想了想，轉頭對堂屋裡的陶彩說道：「彩兒，妳看家，我、我與敬哥兒……」

陶彩心裡對姐姐與薛敬的事知道得很清楚，遂捂著嘴笑得一臉賊兮兮，對兩人揮了揮手。「知道了知道了，姐姐和敬哥兒快去吧。」

被妹妹戲謔的眼神看得心慌意亂的陶瑩，低著頭快步走出了院子。

臘月末的竹林更顯蕭瑟，深綠色的竹葉將來年的生氣紛紛藏了起來，甚至有些變黃變枯，現出冬日才會有的寂寥。

好在晨間陽光明媚，將原本陰森的野竹林籠上一層溫柔寧靜的色彩。

陶瑩停在野竹林邊，望著前方正往深處走的薛敬，猶豫著要不要跟上。「要、要進去嗎？」

「是。」薛敬站在一根挺拔的野竹旁，眼睛微微彎起。「瑩兒姐姐，我們進去走走吧？片刻就出來。」

面對心中的陰影，陶瑩的臉色有些發白，可一想到正是眼前的少年曾經在這裡救過他，遂把心一橫，舉步就要跟進。

薛敬淺淺的勾起嘴角，從懷中取出一方素帕，攤開放到手掌上，又將手掌伸向陶瑩。「瑩兒姐姐，將手給我。」

陶瑩的唇瓣微動，不知眼前的少年是何意，但仍然依言而行，將手放到了那方帕子上。

薛敬眸光閃閃，毫不猶豫地握住她的手。「妳若信我，就不要將手抽離。」言畢，不等陶瑩開口，堅定地拉住她的手，大步走入野竹林中。

陶瑩被他猛地一拉，只能緊緊跟在他身後。

眼前的景緻忽然與記憶中那份不堪重疊，陶瑩頓時感到胸口沈悶壓抑，有些喘不過氣來。就是在這裡，她曾經遭受驚嚇，也是在這裡發生的事，導致她錯失與李文松的姻緣。

可眼前的少年，似乎體會不到她的心情，只顧拉著她往前走。陶瑩在害怕與抵觸的心情下，微微有些生氣，遂想要抽回被那少年緊緊握住的手。

怎知她的手才微微一動，前方的少年倏然轉過頭來，露出真誠的笑容，用清潤中夾雜著微沙的嗓音說道：「瑩兒姐姐，妳可知，妳應了親事，我有多高興？」

不防他突然提及親事，陶瑩一愣，思路被牽到了這件事上。「你……」

薛敬腳下忽停，轉身，兩手托起陶瑩的雙手，托在自己的掌心，眼睛筆直地望向她，纖長的眼睫下，眸光清亮。

「姐姐說，有種方法叫記憶覆蓋。瑩兒姐姐以後若再經過這裡，請想想當時牽著妳走出這片林子的是誰，再想想今日，現下，牽著妳手的人是誰。」

陶瑩怔住，站在原地，忘記了心中的不快。眼前人一言一行，都令她感到驚訝。她被他眼中的閃亮打動了，那彷彿含著一汪深泉的烏黑眸子裡，有她看不太懂的情緒。

心中莫名泛起一陣微微的悸動，就在她毫無準備之下，又聽少年道：「妳願意等我，我必不會相負於妳。願此誓不違，萬竹為鑒。」

一陣略急的寒風倏地吹來，繞過成千上百的野竹，冷冽被分解，反餘幾絲溫柔，在林中習習而過。

陶瑩的心怦怦跳動。從少年掌心傳來的熱度讓她產生了一種錯覺。這個冬日似乎很暖。

薛敬看見陶瑩的臉頰緋紅，自己也不好意思的臉紅了，遂轉身拉著她繼續在林中走，走的路線正是曾經帶著陶瑩脫險的那條。

「願妳今後，心中有我。」他回眸淺笑。

陶瑩望著少年挺秀的背影，也跟著笑了。一抹柔情爬上她的眼角眉梢，她很好奇，少年長大後會是什麼模樣？是否也如今日這般討人歡喜？

無論今後如何，她想，對這片竹林，她應該不會再感到害怕了。
往後的夢，肯定都是甜的了。

——全書完

2020年12月出版

傳家寶妻

文創風 909～911

那年茶樓下，他的一笑值千金，
笑得她從此心海生波，再難相忘……

一笑傾心　弄巧成福／秋水痕

一次戀愛都沒談過就穿到古代當閨秀，小粉領楊寶娘無言極了，
雖然如今有個女兒控的太傅親爹，位高權大銀兩多，可以讓她在京城橫著走，
但高門水深，自家父親的後院不寧，她身為嫡女也別想耳根清靜，簡直心累，
幸好庶妹們與她和睦相處，一同上學玩樂，算是宅門日子裡的小確幸！
原以為千金生活不過如此，沒想到，竟有飛來豔福的一天——
一場偶遇，晉國公之子趙傳煒對她傾心一笑，從此和她結下……不解之緣？!
應酬赴宴能遇到，逛街買糖葫蘆也能遇到，去莊子玩才發現，兩家居然是鄰居，
這且不算，連她出門遇險亦是趙傳煒解的圍，要說他對她無意，鬼都不信！
她的心即將失守了，上輩子來不及綻放的桃花，這輩子該不會要花開燦爛啦～～
可兩家之間有些算不清的陳年老帳該如何是好，她和他，真有可能牽上紅線嗎？

2020年12月出版

將門俗女

文創風 906~908

身為女子，論琴棋書畫是樣樣鬆，但文韜武略可樣樣通，
她上馬能安邦定國、下馬能生財治家，偏看上當朝最不受寵的皇子，
上趕著當他的伴讀還不夠，還想要再一次做他的妻……

將門出虎女，伴君點江山／輕舟已過

歷經國公府遭人構陷、與愛人訣別於天牢的悲劇，
她沈成嵐重生歸來，雖練就了一雙洞燭機先的火眼金睛，
可要命的是，她一個八歲娃也早早就懂得兒女情長，
甚至不惜冒名頂替兄長，以假代真入宮參選皇子伴讀，
就為了這爹不疼、娘不愛、手頭還有點窮酸的三皇子！
明知跟著他混得連肉都吃不上，甚至為伊消得人憔悴了，
她仍是把吃苦當作吃補，一心想與他再續前緣、陪他建功立業，
沒承想兜兜轉轉繞了這麼一大圈，偏漏算了三殿下也再世為人？
更沒想到的是，前世他奪得了天下，讓沈家一門沈冤得雪，
卻因為失去了她，終其一生孤獨，只覺高處不勝寒……
大概是老天垂憐苦情人，給他們機會走出不同以往的路，
他自認對得起朝堂卻唯獨負了她，這輩子就只想守著她，
她出身將門世家也懂得投桃報李，一許諾更是豪氣干雲——
「好，這一次你守著我，我替你守著這江山。」

2020年12月出版

洪福齊天

文創風 904～905

夢中的情景讓齊昭痛徹心扉，
卻怎麼樣都醒不過來，
幸好，這一世，還能轉圜……

再活一次 還是要天涯海角遇到妳／遲意

齊昭，京城順安王府的第五子，由順安王最寵愛的侍妾所生，
卻屢遭忌憚，最後落得娘死爹疏遠、被害扔出宮的下場。
他活了兩世，上一世在冰天雪地中被福妞所救，
他心悅福妞，卻礙於義父、義母的顧慮，只能以姊弟相稱。
經過五年的休養生息，他回京扳倒從前害他的人，登上皇位，
當他帶著大隊人馬來接福妞一家時，
卻得知義父、義母染病雙亡，奶奶做主將福妞嫁給地主兒子，
竟又被妒恨的小妾按入水井中淹死，死後也沒把屍體撈上來……
摯愛已殞，再無希冀，他一生未娶，孤獨終老，
雖日日受萬人朝拜，卻帶著巨大的遺憾撒手人寰……
重活一世，他在冰天雪地中等到了他的福妞，
只是，這一世的福妞境遇完全不同，
他能擺脫姊弟的桎梏、化解奪嫡的凶險，護福妞此世周全嗎？

2020年11月出版

莽夫求歡

文創風 899

【洞房不寧之二】

一個是天不怕地不怕的紈袴富二代，
一個是武力值滿點的江湖奇女子，
不打不相識，越打越有味，
像極了愛情……

新系列【洞房不寧】開張！
我愛你，你愛我，然後我們結婚了——
不不不，月老牽的紅線，哪有這麼簡單？
這款冤家是天定良緣命，好事注定要多磨……

天后執筆，高潮迭起／莫顏

宋心寧決定退出江湖，回家嫁人了！
雖說二十歲退出江湖太年輕，但論嫁人卻已是大齡剩女。
父親貪戀鄭家權勢，賣女求榮，將她嫁入狼窟，她不在乎；
公婆難搞、妯娌互鬥，親戚不好惹，她也不介意；
夫君花名在外、吃喝嫖賭，她更是無所謂，
她嫁人不是為了相夫教子，而是為了包吃包住，有人伺候。
提起鄭府，其他良家婦女簡直避之唯恐不及，可對她來說，
鄭府根本就是衣食無缺、遠離江湖是非、享受悠閒日子的神仙洞府！
可惜美中不足的是，那個嫌她老、嫌她不夠貌美、嫌她家世差的夫君，
突然要求她履行夫妻義務，拳打腳踢趕不走，用計使毒也不怕，
不但愈戰愈勇，還樂此不疲，簡直是惡鬼纏身！
「別以為我不敢殺你。」她陰惻惻地持刀威脅。
夫君滿臉是血，對她露出深情的笑，誠心建議——
「殺我太麻煩，會給宋家招禍，不如妳讓我上一次，我就不煩妳。」
宋心寧臉皮抽動，額冒青筋，她真的好想弄死這個神經病……

文創風 917

巧匠不婉約 下

國家圖書館出版品預行編目資料

巧匠不婉約 / 賀思旖著. --
初版. -- 臺北市 : 狗屋出版社有限公司, 2021.01
冊 ; 公分. --（文創風）
ISBN 978-986-509-174-3（下冊：平裝）. --

857.7　　109019607

著作者	賀思旖
編輯	林俐君
校對	周貝桂
發行所	狗屋出版社有限公司
地址	台北市104中山區龍江路71巷15號1樓
電話	02-2776-5889～0
發行字號	局版台業字845號
法律顧問	蕭雄淋律師
總經銷	知遠文化事業有限公司
電話	02-2664-8800
初版	2021年1月
國際書碼	ISBN-13　978-986-509-174-3

本著作物由北京晉江原創網絡科技有限公司授權出版

定價260元

狗屋劃撥帳號：19001626

網址：love.doghouse.com.tw　E-mail：love@doghouse.com.tw